IBN THOFAÏL

SA VIE, SES ŒUVRES

ANGERS. — IMPRIMERIE ORIENTALE A. BURDIN ET Cie, 4, RUE GARNIER.

IBN THOFAÏL

SA VIE, SES ŒUVRES

THÈSE COMPLÉMENTAIRE POUR LE DOCTORAT ÈS-LETTRES
PRÉSENTÉE
A LA FACULTÉ DES LETTRES DE L'UNIVERSITÉ DE PARIS

PAR

LÉON GAUTHIER
CHARGÉ DE COURS A LA CHAIRE D'HISTOIRE DE LA PHILOSOPHIE MUSULMANE
DE L'ÉCOLE SUPÉRIEURE DES LETTRES D'ALGER

PARIS
ERNEST LEROUX, ÉDITEUR
28, RUE BONAPARTE, VIe

1909

A MA MÈRE

NOTE

SUR LA TRANSCRIPTION DES MOTS ARABES

Une étude d'histoire de la philosophie musulmane n'appartient pas exclusivement à l'érudition orientaliste. Les mots arabes qui s'y rencontrent, termes techniques et noms propres, sont destinés à passer tels quels dans les livres d'histoire de la philosophie universelle. L'auteur d'une pareille étude ne doit donc pas s'attacher imperturbablement à un système de transcription rigoureusement scientifique, ayant pour conséquence inévitable de susciter à qui n'est pas arabisant trop de complications, de difficultés et d'énigmes. Nous avons suivi sur ce point l'exemple des de Sacy, des Munk, des Renan, etc., en adoptant toutefois un mode de transcription d'un caractère plus scientifique. Nous distinguons, par exemple, le ق *q*, du ك *k*, le ط *th*, du ت *t*, mais nous renonçons à distinguer le ح (h fort) *h*, du ه (h faible) *h*, le ذ (d zézayé) *dh*, du ظ (d emphatique) *dh*, etc., parce que la pénurie de l'alphabet français ne nous permettrait d'indiquer ces nuances, d'ailleurs légères pour qui n'est pas initié, qu'en surchargeant nos caractères de signes conventionnels. Cependant, nous rendons conventionnellement le *hamza* par ' et le *'aïn* par ', afin de ne pas *supprimer* deux consonnes arabes. Nous rendons, en principe, le س (s faible) par *s* et le ص (s emphatique) par ç ; néanmoins, nous transcrivons س par ç lorsque, entre deux voyelles, il risquerait d'être prononcé comme un z, etc. Enfin, nous avons renoncé à modifier l'orthographe altérée de certains noms devenus chez nous d'un usage tout à fait courant, comme Almoravides, Almohades, vizir, etc.

IBN THOFAÏL

SA VIE, SES ŒUVRES

PREMIÈRE PARTIE

VIE D'IBN THOFAÏL

Aboû Bekr Mohammed ben 'Abd-el-Malik ben Mohammed ben Mohammed ben Thofaïl el-Qaïcî, tel est le nom complet d'Ibn Thofaïl. Cette formule signifie qu'il reçut à sa naissance le nom (1) de Mohammed; que plus tard, devenu père de famille, on lui donna, selon l'usage, du nom d'un de ses fils, le surnom (2) d'Aboû Bekr (le père de Bekr); que son père se nommait 'Abd-el-Malik, son grand-père, ainsi que son bisaïeul, Mohammed, et son trisaïeul Thofaïl; enfin, le nom ethnique (3) El-Qaïcî (4),

(1) اسم ism.

(2) كُنْيَة *konya*, surnom indiquant la parenté.

(3) نِسْبَة *nisba*.

(4) كتاب وفيات الاعيان *Ibn Khallikan's Biographical Dictionary*, translated from the Arabic by Bon Mac Guckin de Slane.... 4 vol. Paris, 1843-1871, vol. 4, p. 478, n. 9, l. 1. — *Scriptorum Arabum loci de Abbadidis*, nunc primum editi a R. P. A. Dozy, Lugd. Batav., 1846-1863,

indique que sa famille appartenait à la tribu de Qaïs, l'une des plus illustres de l'Arabie. Il est encore appelé El-Andalocî (l'Espagnol) (1), El-Qorthobî (2), El-Ichbîlî (3), (l'habitant de Cordoue, de Séville). Son surnom d'Aboû Bekr est quelquefois remplacé par un autre, Aboû Dja'far (le père de Dja'far) (4), chose qui arrive fréquemment lorsqu'un musulman a plusieurs fils (5). Les scolastiques le nomment Abubacer, transcription latine de son surnom Aboû Bekr.

Il s'en faut que nous possédions touchant la vie, le

3 vol., vol. II, p. 171, l. 1. — Casiri, *Bibliotheca Arabico-Hispana Escurialensis*. Matriti 1760-1770, 2 vol., table générale, art. Abu Baker Mohamad ben Abdelmalek ben Thophil. — Liçân ed-dîn Ibn el-Khathîb, *Markaz el-ihâtha bi-'odabâ'i Gharnâtha*, manuscrit de la Bibliothèque Nationale nº 3347 (anc. fonds 867), fol. 44 vº, art. Ibn Thofaïl, l. 2.

(1) Casiri, *ibid.*, t. I, p. 203, col. 1 et 2 : DCXCIII, 3º. — H. Derenbourg, *Les manuscrits arabes de l'Escurial*, t. I (Paris, 1884), p. 492, nº 669 (il faut lire 696) (fol. 145), dans le titre de l'ouvrage.

(2) Casiri, *ibid.*, t. I, p. 203, col. 1 et 2 : DCXCIII, 3º, et table générale, art. Abu Baker ben Tophail. — *Catalogus manuscriptorum orientalium* qui in Museo Britannico asseverantur. Pars secunda, codices Arabicos amplectens. Londini, 1871. Supplementum, p. 448, col. 2, nº X.

(3) Hâdji Khalfa, *Lexicon bibliographicum et encyclopaedicum*, Latine et Arabice edidit, indicibusque instruxit G. Flügel. Leipzig, 1835-1858, 7 tomes en 8 vol., vol. 3, nºs 7110 et 6115. — *Catal. manuscriptor*... qui in Mus. Britann. assever., *ibid.*, p. 448, col. 2, nº X. — On le trouve aussi appelé parfois El-Borchani, c'est-à-dire de Purchena (dans la province d'Alméria, à 56 km. au N. de cette ville) [Casiri, *ibid.*, table gén., art. Abu Baker Mohamad ben Abdelmalek ben Tophil, et t. I, p. 98, c. 1]. Ce renseignement, manifestement erroné, est reproduit dans l'art. Ibn Thoféïl du *Grand Dictionnaire* de Larousse et dans l'art. Ibn Thofeïl de la *Grande Encyclopédie*, article qui fourmille d'erreurs bien qu'il n'ait que quelques lignes.

(4) D'après le titre du manuscrit d'Oxford édité par Pococke (Voir la note suivante).

(5) C'est ainsi que le prophète Mohammed est appelé tantôt Aboû 'l-Qâcem et tantôt Aboû Ibrahîm ; le calife Hâroûn er-Rachîd, tantôt Aboû Dja'far et tantôt Aboû Mohammed ; son fils et successeur El-Amîn, tantôt Aboû 'Abd-Allah, tantôt Aboû Moûça et tantôt Aboû 'l-'Abbâs ; etc. Cf. Pococke, *Philosophus Autodidactus*, sive Epistola Abi Jaafar ebn Tophail de Hai ebn Yoqdhan... ex Arabica in linguam Latinam versa ab Eduardo Pocockio. Editio secunda... Oxonii, 1700, Praefatio, vers le début.

caractère et les œuvres d'Ibn Thofaïl, autant de renseignements que nous en pourrions souhaiter. En groupant les brèves indications qu'on trouve éparses chez les divers auteurs musulmans, à peine est-il possible de tracer une esquisse sommaire de l'homme, du personnage politique, du savant et du philosophe.

Ibn Thofaïl naquit à Wâdî Ach (1) (aujourd'hui Guadix) (2), très probablement dans les dix premières années du XIIe siècle de notre ère (3). La petite ville où il vint au monde, et où il passa vraisemblablement les premières années de sa vie, est située à une soixantaine de kilomètres au N.-E. de Grenade, au milieu d'une haute plaine très fertile. Elle doit son nom à la petite rivière qui la baigne, le Wâdî Ach (le Guadix), haut affluent de la Guadiana

(1) Ibn Khallikân, *ibid.*, vol. IV, p. 478, n. 9, l. 2. — *Annales regum Mauritaniae* (Raoudh el-Qirthâs) a condito Idrisidarum imperio ad annum fugae 726 ab Abu-l-Hasan Ali ben Abd-Allah Ibn Abi Zer' Fesano, vel ut alii malunt Abu Mohammed Salih ibn Abd el-Halîm Granatensi, conscriptos... edidit... latine vertit... Carolus Johannes Tornberg... 2 vol. Upsala, 1843-1846, vol. I (texte arabe), p. ۱۳٥, l. 8 du bas; vol. II (trad. lat.), p. 182, l. 3; cf. *Roudh el-Kartas*. Histoire des souverains du Maghreb et annales de la ville de Fès, traduit de l'arabe par A. Beaumier. Paris, 1860, p. 292, l. 17. Il en existe aussi une traduction portugaise par Moura, Lisb., 1828, et une trad. all. par F. de Dombay. Agram, 1794. — *Scriptorum Arabum loci de Abbadidis*, editi a R. P. A. Dozy, vol. II, p. 171, l. 2. — Casiri, *ibid.*, t. II, p. 76, col. 2. — Ibn el-Khathîb, *Markaz el-ihâtha*, fol. 44 v°, l. 2.

(2) Pour la transformation de *Ouâd* ou *Wâdî* (rivière) en *Guad*, dans le passage de l'arabe à l'espagnol, comparer : Guadalquivir = Ouâd el-kebir (le Grand fleuve); Guadalaxara = Ouâd el-hadjar (la rivière aux pierres); de même Guadiana, Guadalete, Guadalaviar, etc. — On pourrait citer, dans d'autres langues, beaucoup d'exemples du même fait : la gutturale vélaire *gw* devient tantôt *w* tantôt *g*. C'est ainsi qu'à l'anglais Walter (ex. Walter Scott) correspond le français Gautier ou Gauthier.

(3) Il appartient à la génération qui précéda celle d'Ibn Rochd. En effet nous le verrons plus loin, en invitant Ibn Rochd à composer des commentaires sur les ouvrages d'Aristote, s'excuser sur son grand âge de ne pas les entreprendre lui-même; plus tard, en 1182, tout en gardant ses fonctions de vizir, il cède à Ibn Rochd sa charge de premier médecin devenue trop lourde pour ses vieux ans; enfin, il meurt en 1185, et Ibn Rochd meurt treize ans plus tard (1198). Il comptait donc environ de 15 à 25 ans de plus qu'Ibn Rochd.

Meñor qui se jette elle-même dans le Guadalquivir. Toute cette région appartient au versant septentrional de la Sierra-Nevada. C'est un des cantons les plus riches de ce riche pays de Grenade, célèbre au temps des Maures par son admirable fertilité.

Sur la famille d'Ibn Thofaïl, sur son enfance et sa jeunesse, les historiens nous ont laissés dans une ignorance absolue. L'élégance et la pureté de son style, le savoir encyclopédique que s'accordent à lui reconnaître ses contemporains les plus éminents (1) et dont nous pouvons juger encore aujourd'hui, témoignent de la solidité et de l'étendue de ses études. Mais nous ne savons ni sous quels maîtres (2) ni dans quelles villes il étudia les diverses sciences de son temps. Il est permis cependant de conjecturer que ce fut à Séville et à Cordoue, les deux grands centres intellectuels de l'Espagne musulmane. Quant au seul maître que parfois on lui attribue, Ibn Bâddja (3), sans doute Ibn Thofaïl a subi dans une certaine mesure, comme nous le verrons (4), l'influence de ses écrits, et peut, en un certain sens, passer pour son disciple; mais il ne fut point son élève au sens précis du mot, puisque, dans l'Introduction même de son roman philosophique, après avoir fait d'Ibn Bâddja un éloge tempéré par certaines critiques, le prétendu élève déclare lui-même ne s'être « jamais rencontré avec lui » (5).

(1) Voir plus loin, p. 23, n. 1.

(2) On nous a conservé seulement les noms, d'ailleurs sans intérêt pour nous, de deux personnages qui lui ont enseigné les « hadits » ou traditions du Prophète (Voir *Scriptorum Arab. loci de Abbadidis...*, éd. Dozy, vol. II, p. 171, l. 4 et 5).

(3) El-Marrâkochî, *Kitâb el-mo'djib* fî talkhîs akhbâr el-maghrib, texte arabe édité par Dozy sous le titre suivant : *The history of the Almohades* by Abdo-'l-Wâhid al-Marrékoshi, edited by R. Dozy, 2ᵉ éd. Leyde, 1881, p. ١٧٣, l. 6 et 7; cf. *Histoire des Almohades* d'Abd el-Wâh'id Merrâkechi, traduite et annotée par E. Fagnan. Alger, 1893, p. 207, l. 11 et 12. — Ibn Khallikân, *ibid.*, vol. 4, p. 474, l. 26 à l. 28.

(4) Voir plus loin, p. 85, av. dern. l., à p. 89, l. 6.

(5) Voir notre édition, avec traduction française : *Hayy ben Yaqdhân*,

Sur la première partie de sa carrière, nous ne possédons que des renseignements rares et décousus. Il professa publiquement la médecine à Grenade (1). Il devint secrétaire du gouverneur de la province à laquelle cette ville donne son nom (2). Il fut adjoint, également comme secrétaire, en 549 (= 1184), par le fondateur de la dynastie almohade, 'Abd-el-Mou'men, au fils de ce souverain, le Sîd Aboû Sa'îd, gouverneur de Ceuta et de Tanger (3). Mais nous ignorons jusqu'à l'ordre dans lequel il remplit ces diverses fonctions.

A peine sommes-nous un peu mieux renseignés sur la seconde moitié de sa carrière, bien qu'il fût arrivé, dès le début de cette période, à une haute situation, que lui avait value son double talent de médecin et de diplomate. L'histoire des pays musulmans offre plus d'un exemple du même fait : les fonctions de vizir et celles de premier médecin du souverain sont fréquemment réunies. Quand un khalife ou un sultan consentait à livrer sa propre personne entre les mains d'un médecin qui, au lieu du salut, pouvait impunément lui verser le poison, il était porté, par une pente assez naturelle, à estimer que cet homme rare était le seul en qui il pût avoir assez de confiance pour lui abandonner la direction de ses affaires personnelles et de celles de l'État. C'est ainsi que nous retrouvons Ibn Thofaïl

roman philosophique d'Ibn Thofaïl, texte arabe, publié d'après un nouveau manuscrit, avec les variantes des anciens textes, et traduction française, par Léon Gauthier, Chargé de cours à la Chaire de philosophie de l'Ecole Supérieure des Lettres d'Alger. Alger, 1900, p. ١١, l. 7 (traduction, p. 10, l. 10).

(1) Casiri, *ibid.*, t. II, p. 76, c. 2, l. 33 et 34.

(2) Al-Makkarî, *The history of the mohammedan dynasties in Spain*, translated by Pascual de Gayangos. London, 1840-1843, 2 vol., t. I, p. 335, note 35, l. 5 (d'après Ibn el-Khathîb; cf. Munk, *Mélanges de philosophie juive et arabe*. Paris, 1859, p. 410, n. 3).

(3) Ibn Abî Zer', *Raoudh el-Qirthâs*, éd. Tornberg, vol. I (texte arabe), p. ١٣٦, dern. l., à p. ١٣٧, l. 3; trad. latine, vol. II, p. 170, l. 24 à l. 28. La partie de ce passage qui concerne Ibn Thofaïl manque dans la traduction française de Beaumier.

parvenu au faîte des honneurs, à la plus haute charge du royaume, vizir et premier médecin du sultan almohade Aboû Ya'qoûb Yoûçof (1).

(1) Ibn Abî Zer', *Raoudh el-Qirthâs*, éd. Tornberg, vol. I, p. ١٣٥, l. 6 du bas, et vol. II (trad. lat.), p. 182, l. 2. — Conde, *Historia de la dominación de los Arabes en España*, sacada de varios manuscritos y memorias arabigas, por el Doctor Don Jose Antonio Conde. Paris, 1840, p. 495, l. 5 du bas et suiv. (Ce passage manque dans la paraphrase de Marlès intitulée *Histoire de la domination des Arabes et des Maures en Espagne et en Portugal*, rédigée sur l'histoire traduite de l'arabe en espagnol de M. Joseph Conde, par M. de Marlès. Paris, 1825. 3 vol.). — Cf. Makkari, trad. angl. par de Gayangos, t. I, p. 335, l. 11 à l. 13 (sur Ibn Thofaïl Premier médecin). — Avons-nous une parfaite certitude qu'Ibn Thofaïl ait exercé les fonctions de vizir? La question n'a jamais été posée; elle mérite de l'être. Un seul texte ancien donne le titre de vizir à notre philosophe : c'est un passage du *Qirthas* (voir le début de la présente note), dont l'auteur est de plusieurs générations postérieur à Ibn Thofaïl : « Les médecins d'[Aboû Ya'qoûb Yoûçof], dit-il, furent 1° le *vizir*, le médecin, Aboû Bekr ben Thofaïl... » Par contre, El-Marrâkochî, qui a connu le fils d'Ibn Thofaïl et qui nous donne sur ce philosophe les renseignements les plus abondants, les plus directs, les plus précis, ne lui attribue nulle part le titre de vizir. Les historiens ne le nomment jamais dans la liste des vizirs de Yoûçof ou de Ya'qoûb (par exemple El-Marrâkochî, p. ١٧٦, l. 1 à l. 6; p. ١٨٩, dern. l., à p. ١٩٠, l. 12; trad. franç., p. 211, l. 12 à l. 23; p. 227, l. 5 à l. 23; Ibn Abî Zer', *Qirthâs*, trad. franç., p. 292, l. 1 et 2), mais seulement dans celle des médecins de Yoûçof (Ibn Abî Zer', *Qirthâs*, p. ١٣٥, l. 20 à l. 26). Enfin, nous verrons plus loin (p. 26, l. 17) son disciple El-Bithraoudjî lui donner le simple titre de qâdhî. En admettant, sur la foi de cet unique passage, qu'Ibn Thofaïl ait été qâdhi pendant les années de sa vie sur lesquelles tout renseignement nous fait défaut, il n'en demeure pas moins surprenant que ce disciple, écrivant après la mort de son maître, lui donne le titre d'illustre qâdhî au lieu du titre, beaucoup plus relevé, d'illustre vizir, à moins qu'il n'ait jamais été vizir. — Malgré ces diverses difficultés, il reste cependant possible que, sans avoir joué un rôle politique de premier plan, Ibn Thofaïl ait exercé les fonctions de vizir en second, car les listes citées plus haut contiennent seulement les noms des personnages qui ont rempli successivement la charge de *Premier* vizir. Quant à El-Marrâkochî, le silence un peu singulier qu'il garde, en parlant d'Ibn Thofaïl, sur sa qualité de vizir, n'est peut-être pas aussi complet qu'il paraîtrait au premier abord : car dans le récit, tel qu'il le rapporte, de la seconde entrevue avec Ibn Rochd (voir plus loin, p. 10, l. 14, à p. 11, l. 2), Ibn Thofaïl semble distinguer nettement deux charges différentes qu'il exerçait auprès du khalife : اشتغالى بالخدمة وصرف عنايتى (p. ١٧٥, l. 16) « les occupations que ma fonction et mes soins m'imposent »; la

C'était un puissant potentat que le sultan almohade au temps d'Ibn Thofaïl, c'est-à-dire à l'époque où cette grande dynastie brillait du plus vif éclat. « Souverain des deux continents », c'est-à-dire de l'Espagne musulmane et de l'Afrique du Nord, maître par conséquent de tout l'Occident de l'Islâm, il partageait avec son collègue d'Orient, le khalife abbasside de Baghdâd, le titre glorieux d'*Emîr el-Mou'menîn* ou Chef des Croyants. Mais le khalife de Baghdâd, depuis longtemps dépouillé de tout pouvoir temporel par les sultans seldjouqides, était réduit à la dignité purement honorifique de Vicaire du Prophète. Caché dans son harem, dont il ne sortait qu'une fois l'an, sa vie était sans cesse à la merci d'un caprice du sultan. Chef spirituel et invisible, sorte d'entité à peine réelle, il ne représentait plus que l'ombre de l'ancien khalifat d'Orient. Le khalife d'Occident, au contraire, successeur du mahdi Ibn Toumert, était à ce titre le chef spirituel et temporel à la fois d'une secte religieuse réformatrice qui venait de soumettre par les armes tout l'Occident musulman. Il régnait en maître incontesté sur un vaste empire riche, prospère, rayonnant d'une brillante civilisation, et aussi uni, aussi pacifié que puisse espérer l'être un État musulman. Sans doute, à la frontière de l'Andalousie (1), continuait presque sans trêve, entre le Chrétien et le Musulman, la lutte séculaire qui devait nécessairement aboutir à l'éviction de l'un ou de l'autre. Mais le *djihâd*, ou

seconde expression, « mes soins », désignant sa charge de médecin, la première, « ma fonction », serait une allusion à ses fonctions de vizir. Enfin, la qualification de qâdhî appliquée à Ibn Thofaïl par El-Bithraoudjî, dans le passage cité par Munk, est un peu sujette à caution : elle ne nous est parvenue qu'à travers une double traduction, d'arabe en hébreu, puis d'hébreu en français, et pourrait provenir d'une erreur de lecture. — En somme, un doute subsiste. Cette double question : « Ibn Thofaïl a-t-il été qâdhî? Est-on bien certain qu'il ait été vizir? » ne pourrait être tranchée d'une manière décisive que par la découverte de nouveaux documents.

(1) Le nom d'Andalousie (*Andalos*, prononcer Andaloss) s'étend, chez les Arabes, à toute l'Espagne musulmane.

guerre sainte perpétuelle, ne compte-t-il point parmi les plus fondamentaux des devoirs religieux que la Loi de l'islâm impose à la communauté musulmane ? Et le successeur du Mahdi pouvait-il se soustraire à un tel devoir ? Répandre les bienfaits de la paix et se tenir prêt à la guerre, développer la civilisation dans un pareil empire et préluder en même temps à de glorieuses conquêtes, tel est le beau rôle, telle est aussi la lourde tâche, que les vizirs des souverains almohades avaient à remplir. Ibn Thofaïl ne semble pas y avoir failli. Dans la pénurie de détails où nous nous trouvons touchant le caractère et les résultats de son administration et de sa politique, la confiance inébranlable que deux grands monarques ne cessèrent de lui témoigner jusqu'à sa mort en est une preuve suffisante. Nous savons du moins qu'il profita de la faveur dont il jouissait, pour attirer à la cour les savants de tous les pays, et les encourager par sa munificence, par ses éloges, parfois même par ses conseils.

Son principal titre de gloire, comme Mécène des lettres et des sciences musulmanes, est d'avoir joué un rôle décisif dans les destinées de la philosophie musulmane, et aussi de la philosophie européenne, en engageant Ibn Rochd (Averroès) à composer ses fameux commentaires d'Aristote. L'histoire nous a heureusement conservé, recueilli de la bouche même d'Ibn Rochd, le résumé de la conversation dans laquelle Ibn Thofaïl le décida à entreprendre ces fameux Commentaires, qui provoquèrent, puis défrayèrent toute la seconde période de notre philosophie médiévale, et préparèrent les esprits, dès le XIIIe siècle, aux hardiesses philosophiques de la Renaissance. Elle nous a conservé aussi, dans les mêmes conditions, le récit d'une entrevue dans laquelle Ibn Thofaïl présenta au souverain Ibn Rochd encore inconnu, et appela sur lui la faveur royale :

« Cet Aboû Bekr (c'est-à-dire Ibn Thofaïl), nous dit le célèbre historien des Almohades ʿAbd el-Wâhid el-Marrâkochî (1), ne cessa d'attirer à lui les savants de tous les pays et d'appeler sur eux l'attention, les faveurs, les éloges du souverain. C'est lui qui lui recommanda Aboû 'l-Walîd Mohammed ben Ahmed ben Mohammed ben Rochd qui, dès ce moment, fut connu et apprécié. Son disciple, le jurisconsulte, le docteur, Aboû Bekr Bondoûd ben Yahya el-Qorthobî, m'a dit avoir entendu maintes fois le philosophe Aboû 'l-Walîd faire le récit suivant : Lorsque je fus introduit devant le Chef des Croyants Aboû Ya'qoûb, je le trouvai avec Aboû Bekr ben Thofaïl et il n'y avait personne d'autre avec eux. Aboû Bekr se mit à faire mon éloge, parla de ma famille et de mes ancêtres, et ajouta, par bienveillance, des éloges que j'étais loin de mériter. Après m'avoir demandé mon nom, le nom de mon père et mon lignage, le Chef des Croyants engagea la conversation en m'adressant cette question : « Que pensent-ils du Ciel ? » (il voulait dire : les falâcifa). « Le croient-ils « éternel ou *produit* ? (2) » Saisi de confusion et de crainte (3), je tentai de m'excuser, et je niai m'être occupé de philosophie, car je ne savais ce dont Ibn Thofaïl était convenu avec lui (4). Le Chef des Croyants s'aperçut de ma frayeur

(1) Dans son histoire intitulée *Kitâb el-mo'djib*, éditée par Dozy et traduite en français par E. Fagnan (Voir plus haut, p. 4, note 3). Les deux passages que nous rapportons ici (p. ١٧٤, l. 13, à p. ١٧٥, l. 8 ; trad. franc., p. 209, l. 13, à p. 210, l. 15 ; puis p. ١٧٥, l. 8, à p. ١٧٥, l. 7 du bas ; trad. fr., p. 210, l. 15, à p. 210 dern. l) ont été traduits en outre par Renan (*Averroès et l'averroïsme*. Essai historiqne, 3e éd..., Paris, 1866, p. 16 sq.) et (le premier seulement) par Munk (*Mél. de philos. juive et ar.*, art. Ibn Rochd, p. 421). Ils forment dans El-Marràkochî, la seconde et la troisième partie d'un ensemble dont nous utiliserons plus tard la première (à savoir : p. ١٧٣, l. 4 à p. ١٧٤, l. 13 ; trad. fr., p. 207, l. 6, à p. 209, l. 13). (Voir plus loin, p. 38 ; p. 66, n. 1 ; p. 18).

(2) حادث *hâdits, produit, apparu dans le temps*, par opposition à قديم *qadim, éternel a parte ante.*

(3) Cette question était, en effet, l'une des plus dangereuses qui pouvaient être posées à un *faïlaçoûf* (philosophe musulman hellénisant, au pluriel : *falâcifa*) par un « Chef des Croyants ».

(4) Renan rend parfaitement l'esprit, sinon la lettre même du texte, en traduisant : « car je ne savais pas qu'Ibn Thofaïl et lui étaient convenus de me mettre à l'épreuve ».

et de ma confusion. Il se tourna vers Ibn Thofaïl et se mit à parler sur la question qu'il m'avait posée. Il rappela ce qu'avaient dit Aristote, Platon et tous les falâcifa; il cita en outre les arguments allégués contre eux par les Musulmans. Je constatai chez lui une érudition que je n'aurais pas même soupçonnée chez quelqu'un de ceux qui s'occupent exclusivement de cette matière. Il fit si bien pour me mettre à l'aise, que je finis par parler et qu'il apprit ce que j'avais à en dire. Après m'être retiré, il me fit remettre un cadeau en argent, un magnifique vêtement d'honneur et une monture. »

Puis vient immédiatement le récit de la fameuse conversation qui fut de si grande conséquence pour l'histoire de la philosophie : « Ce même disciple, continue El-Marrâkochî (1), m'a aussi rapporté de lui les paroles suivantes : Aboû Bekr ben Thofaïl me fit appeler un jour et me dit : J'ai entendu aujourd'hui le Chef des Croyants se plaindre de l'obscurité du style d'Aristote ou de celui de ses traducteurs, et de la difficulté de comprendre ses doctrines. Si ces livres, disait-il, pouvaient rencontrer quelqu'un qui les commente et qui en expose le sens après l'avoir bien compris, on aurait alors par où les saisir! [Ibn Thofaïl ajouta] : Si tu as assez de force pour un tel travail, entreprends-le. Je compte que tu en viendras à bout; car je connais ta haute intelligence, ta lucidité d'esprit, ta grande ardeur au travail. Ce qui m'empêche de m'en charger, c'est le grand âge où tu me vois arrivé et aussi les occupations que ma fonction et mes soins m'imposent, sans parler de préoccupations plus graves (2). Voilà, ajoutait Aboû

(1) P. ١٧٢, l. 4 et suiv.

(2) « Sans parler de préoccupations plus graves ». Ce membre de phrase, sur lequel nous aurons à revenir (voir plus loin, p. 18, l. 21) a été complètement dénaturé par Renan, qui rattachant indûment à cette proposition les deux derniers mots de la précédente, et construisant le tout je ne sais comment, a traduit « Dès lors, ajoutait Ibn Rochd, je tournai tous mes soins vers l'œuvre qu'Ibn Thofaïl m'avait recommandée ». —

'l-Walîd, ce qui m'a déterminé à écrire mes commentaires des livres du philosophe Aristote ».

Le récit de ces deux entrevues nous apparaît comme un document du plus grand prix.

Considéré dans sa forme, il présente, notons-le bien tout d'abord, un caractère d'authenticité et de fidélité propre à satisfaire aux exigences de la critique la plus sévère. C'est un récit recueilli de la bouche même d'Ibn Rochd par un de ses disciples, et transmis directement par ce dernier à l'historien qui le reproduit. Le disciple en question, Aboû Bekr Bondoûd qui, comme Ibn Rochd, est de Cordoue (El-Qorthobî), semble avoir vécu dans la familiarité de son maître : il l'a entendu faire ce même récit « maintes fois » (1). Sans parler de cette répétition fréquente d'un récit à la même personne, ou tout au moins devant la même personne, la dernière phrase de la seconde narration montre que le Commentateur était devenu vieux, puisqu'il avait achevé ses Commentaires ou peu s'en faut (2) : comme c'est l'habitude des vieillards, il en était venu sans doute à réciter, en termes stéréotypés, le compte-rendu revu et corrigé, de ces deux entrevues qui comptaient parmi les plus grands événements de sa vie. Le disciple est un jurisconsulte musulman, c'est-à-dire un homme possédant une mémoire prodigieusement exercée, accoutumé à retenir par cœur dès le jeune âge et à reproduire, avec les intonations mêmes du maître, d'interminables textes, sacrés ou consacrés, le Qoran, les hadîts du Prophète avec leurs *isnâd* (3), des manuels de droit avec leurs commentaires et les commentaires de ces commentaires, etc., etc. Enfin, l'auteur qui nous a transmis ce ré-

M. Fagnan traduit : « mon désir de m'appliquer à des choses à mes yeux plus importantes ». — Sur l'expression « ma fonction et mes soins » cf. *supra*, p. 6, n. 1.

(1) غير مرة (voir plus haut, p. 9, l. 7).

(2) Cf. *supra*, p. 10, dern. l., à p. 11, l. 2.

(3) C'est-à-dire, pour chaque hadîts, la chaîne des autorités successives, des narrateurs qualifiés qui se le sont verbalement transmis.

cit, historien distingué, a été élevé lui aussi sous la même discipline, puisque tout lettré musulman est nécessairement un *faqîh*, un jurisconsulte. Cet historien est d'ailleurs un informateur fidèle, qui a vécu dans la société philosophique de son temps et qui, nous allons le voir à propos d'Ibn Thofaïl, se plaît à nous donner sur les falâcifa de la génération précédente, à laquelle appartenait Ibn Rochd, des détails d'une certaine précision (1). Nous sommes donc fondés à voir dans ce double récit une sorte de procès-verbal dont l'exactitude ne laisse rien à désirer.

Malheureusement ce procès-verbal n'indique ni la date ni le lieu des deux événements qu'il relate. Le lieu, en somme, n'a qu'une médiocre importance. Nous ne voyons aucune raison d'en chercher un autre que la ville de Marrâkech, où résidait ordinairement la cour, et où nous savons qu'à partir de 548 (= 1153 de notre ère) Ibn Rochd fit plusieurs voyages (2). Mais il ne serait pas sans intérêt de connaître une date qui, dans cette biographie si pauvre de chiffres et de faits, nous fournirait un point de repère.

Remarquons d'abord que les deux entrevues doivent avoir eu lieu dans l'ordre même où elles sont rapportées. Aboû Ya'qoûb, dans la première, traite Ibn Rochd comme un inconnu dont il ignorait la veille jusqu'à l'existence : il lui demande son nom. Sans doute la question philosophique qu'il lui pose ensuite *ex abrupto*, et ce membre de phrase « car j'ignorais ce dont Ibn Rochd était convenu avec lui » montrent que le souverain savait d'avance avoir affaire à

(1) Voir plus loin, p. 38, l. 5 à l. 14. — Cf. Renan, *Averr. et l'averr.*, p. 9, l. 7 à l. 12.

(2) *Aristotelis opera quae extant omnia...*, *Averrois Cordubensis* in ea opera omnes qui ad haec usque tempora pervenere commentarii... Venetiis, apud Juntas, 1574, 10 vol., plus un onzième volume contenant la Table générale de Zimara : Marci Antonii Zimarae... Tabula dilucidationum in dictis Aristotelis et Averrois. Venetiis apud Juntas, 1576 (la page de garde porte 1575), vol. V, fol. 313 A; cf. *ibid.*, fol. 171 D. — Renan, *ibid.*, p. 19, l. 1 à l. 9. — Munk, *Mél. de philos. juive et ar.*, p. 420, l. 3 du bas à dern. l.

un philosophe. Mais Ibn Thofaïl pouvait l'en avoir averti au moment où le chambellan allait introduire le visiteur, ou peu de temps auparavant, au moment par exemple, où notre vizir sollicitait pour lui cette audience. C'est une sorte d'examen que ce royal érudit fait passer à plus savant que lui, pour juger de sa science; c'est aussi pour lui-même une occasion d'étaler la sienne. Mais tout l'entretien roule sur une seule question : l'éternité du monde. De commentaires des ouvrages d'Aristote, il n'en est pas dit un mot. Or, si l'autre entrevue avait eu lieu antérieurement, si Ibn Thofaïl avait obtenu déjà le consentement, même conditionnel, d'Ibn Rochd, le vizir se fût certainement empressé d'annoncer au khalife que son souhait était sur le point de s'accomplir, qu'il avait trouvé son homme; et il ne serait question que de cela dans cette audience, qui du commencement à la fin aurait une tout autre allure. La première entrevue rapportée par El-Marrâkochî est donc bien la première en date.

Nous croyons pouvoir affirmer, de plus, que la seconde a dû la suivre d'assez près. Dans l'intime familiarité où Ibn Thofaïl vivait avec son maître, au cours des fréquentes discussions philosophiques auxquelles ils devaient se complaire, ce n'était pas assurément la première fois que le roi-philosophe avait dû se plaindre à lui de l'obscurité des traductions arabes d'Aristote. Ibn Rochd une fois présenté au khalife, et « désormais connu, apprécié » (1) comme philosophe, Ibn Thofaïl ne devait-il pas immédiatement songer à lui, et l'entretenir du souhait formulé par son auguste protecteur? Il est donc vraisemblable que la présentation et la conversation avec Ibn Thofaïl eurent lieu pendant un seul et même séjour d'Ibn Rochd à la cour d'Aboû Ya'qoûb.

Mais quelle en est la date? L'excellente petite histoire de la philosophie musulmane de M. de Boer en donne

(1) Voir plus haut, p. 9, l. 5.

une : elle fixe à l'année 1153 la date de la présentation d'Ibn Rochd par Ibn Thofaïl au Prince Aboû Ya'qoûb Yoûçof (1). Ce chiffre nous paraît inadmissible. En effet, dans le récit de la seconde entrevue, Ibn Thofaïl se plaint de son grand âge, qui l'empêche d'entreprendre lui-même les Commentaires en question des écrits d'Aristote. Or, s'il est né, comme il semble, entre 1100 et 1110 (2), il aurait eu, en 1153, de 43 à 53 ans, chiffre bien faible assurément : ce n'est pas vers quarante-cinq ou cinquante ans qu'un philosophe se juge trop vieux pour entreprendre un grand ouvrage. Il faut donc attribuer à Ibn Thofaïl, au moment de ces deux conversations, une soixantaine d'années au moins, ce qui en reporterait déjà la date après l'année 1160. Mais il y a plus : En 1153, Ibn Rochd était, il est vrai, à Marrâkech, probablement en mission auprès de son souverain, et occupé, ce semble, à seconder les vues du monarque dans l'érection des collèges qu'il fondait en ce moment (3) ; c'est sans doute la raison pour laquelle on a cru devoir placer pendant ce séjour à Marrâkech l'entrevue en question. Seulement, le souverain n'était pas alors Aboû Ya'qoûb, mais son père, l'illustre 'Abd el-Moû'men ; ce n'est que dix ans plus tard, en 1163, qu'Aboû Ya'qoûb devait lui succéder (4). Or, dans les deux

(1) *Geschichte der Philosophie im Islam*, von T. J. de Boer. Stuttgart, 1901, p. 165, dern. l. (Il en existe une traduction anglaise : *History of Philosophy in Islam*, translated into English by E. R. Jones. London, 1903). Voir dans le *Journal Asiatique*, 9e série, t. XVIII (sept.-oct. 1901), pp. 393 à 399, notre compte-rendu de cet ouvrage. — M. Macdonald indique la même date, probablement d'après M. de Boer : Duncan B. Macdonald, *Development of Muslim theology*, jurisprudence and constitutional theory. London, 1903, p. 255, l. 16 : « In 548 he was presented to Abu Ya'qoub by Ibn Tufayl and encouraged by him in the study of philosophy ». L'année 548 de l'hégire correspond à 1153 de notre ère.

(2) Voir plus haut, p. 3, l. 8 et 9 et n. 3.

(3) Conde, *ibid.*, III Parte, cap. XLIII, p. 479, l. 22, à p. 480, l. 21. — *Aristotelis Opera*... cum Averrois... commentariis, vol. V. *De coelo*, fol. 313 A. — Munk, *Mél. de philos. juive et ar.*, p. 420, l. 3 du bas et note 2, à p. 421, l. 3. — Renan, *Averr. et l'averr.*, p. 15, l. 13 à l. 18.

(4) M. de Boer le sait, puisque dans le passage que nous venons de

récits d'Ibn Rochd, Abou Ya'qoûb Yoûçof est expressément appelé à plusieurs reprises, « le Chef des Croyants » ; ce qui nous oblige à descendre non seulement au-delà de 1163, date de son avènement au sultanat, mais au-delà du mois de djoumâda second de l'an 563, c'est-à-dire, en gros, du milieu de mars 1168, époque à laquelle, ayant rallié les derniers opposants, il prit le titre de « Chef des Croyants » ou Khalife (1).

D'autre part, les deux entrevues ont eu lieu nécessairement avant la fin de 1169, car à cette époque Ibn Rochd avait commenté déjà des écrits d'Aristote. En effet, à la fin de son commentaire sur les traités des animaux, il dit l'avoir achevé au mois de çafar 565 (= novembre 1169), à Séville, après s'y être transporté de Cordoue (2). Nous pouvons donc fixer avec certitude entre mars 1168 et novembre 1169 la date des deux entrevues.

Mais il est possible d'aller plus loin et de circonscrire, avec un haut degré de probabilité, la date que nous cherchons, entre des limites plus étroites. Pour ce double déplacement, de Marrâkech à Cordoue, puis de Cordoue à Séville, et pour la composition de ce premier commen-

citer il a soin de dire ; au *Prince* Aboû Ya'qoûb : « Im Jahre 1153 soll er von Ibn Tofail *dem Fürsten* Abu Jaaqub Jusuf vorgestellt sein », et plus loin (*ibid.*, p. 166, l. 19) il dira : « Abu Jaaqub, *jetzt Chalife*, beruft ihn (Ibn Rochd) im Jahre 1182 als sein Leibartzt » ; au reste M. de Boer a donné lui-même, *ibid.*, p. 160, l. 5 du bas, la date de l'avènement d'Aboû Ya'qoûb Yoûçof : 1163. Mais il n'a sans doute pas pris garde au titre d'Émir el-Mou'menîn dont nous allons tirer argument ; — ou bien il l'a simplement attribué à une inadvertance, mais nous avons répondu par avance à cette fin de non-recevoir, en faisant ressortir la grande valeur documentaire de ce texte ; — ou bien enfin il n'y aura vu, peut-être, qu'une tournure elliptique, dont le sens complet serait : il fut présenté par Ibn Thofaïl à [celui qui est devenu depuis] le Chef des Croyants. Mais pour accepter cette dernière interprétation, vraiment forcée, surtout dans le second récit, où Ibn Thofaïl dit en propres termes : « J'ai entendu aujourd'hui le Chef des Croyants... » il faudrait que nous eussions par ailleurs de bien sérieuses raisons.

(1) Ibn Abi Zer', *ibid.*, sous l'année 563.

(2) Munk, *Mél. de philos. juive et ar.*, p. 422, l. 6 à l. 9.

taire, nous devons bien admettre un laps de plusieurs mois. Surtout si nous considérons qu'Ibn Rochd était certainement venu à Séville pour y remplir d'absorbantes fonctions. On sait, en effet, qu'il fut successivement qâdhî à Séville puis à Cordoue (1). Or, en 565 (= 1169-70), à Séville, dans son commentaire sur le traité des Parties des animaux, il s'excuse des erreurs qui ont pu lui échapper, alléguant qu'*occupé des affaires publiques et éloigné de sa maison* (de Cordoue), il n'a pu vérifier les textes (2). D'où l'on est en droit de conclure, avec Munk, qu'il était dès lors, depuis peu de temps d'ailleurs, qâdhî de Séville (3). De telles fonctions ne devaient pas lui laisser de grands loisirs. On peut donc, sans crainte d'erreur, compter plusieurs mois entre sa présentation et l'achèvement de son premier commentaire ; ce qui reporte vers le milieu de 1169 la limite postérieure de la date cherchée.

D'autre part, nous serions tenté de rapprocher également la limite antérieure. En effet, dans les Annales d'Ibn Abî Zer', aussitôt après le passage où se trouve mentionnée, sous l'année 563 de l'hégire, la date à laquelle Aboû Ya'qoûb Yoûçof prit le titre de Chef des Croyants, nous lisons qu'en l'an 564 il vint à Marrâkech, de toutes les parties de l'empire, d'Espagne en particulier, pour saluer le souverain (sans doute à l'occasion de sa nouvelle dignité), des députations formées de personnages divers, magistrats, prédicateurs, jurisconsultes, poètes, etc. Le

(1) Voir Munk, *ibid.*, p. 422, l. 5 à dern. l., et p. 423 dern. l., à p. 424, l. 1 ; Renan, *ibid.*, p. 18, l. 7 à dern. l., et p. 19, l. 9 à l. 11 (l'un et l'autre avec références).

(2) Munk, *ibid.*, p. 422, l. 9 à l. 14 ; Renan, *ibid.*, p. 18, l. 8 à l. 12.

(3) *Ibid.*, p. 422, l. 5 et suivantes. — Cette importante judicature avait dû être pour Ibn Roch, aussitôt après sa présentation, la première marque de la faveur du souverain. Car on connaît les agissements expéditifs des potentats orientaux dans tout ce qui touche à la politique et à l'administration. Dès qu'un homme leur agrée, c'est à l'instant même qu'il reçoit la faveur ou est investi de la fonction dont le monarque vient de le juger digne.

khalife les reçut, chacun suivant son rang, et leur distribua des faveurs (1). Ibn Rochd n'était-il pas un de ces nombreux délégués ? Son voyage à Marrâkech et sa présentation au khalife, précisément à cette époque, trouverait là une explication toute naturelle. En ce cas, l'année 564 ayant commencé le 4 octobre 1168, l'intervalle entre les deux limites se réduirait déjà, de ce fait, à neuf mois : il n'irait plus que d'octobre 1168 au milieu de 1169. Mais entre le moment où le sultan prit, à Marrâkech, le titre de khalife, et l'arrivée dans cette ville des délégués venus d'Espagne pour l'en féliciter, un délai de trois mois environ s'impose, si l'on tient compte du temps nécessaire pour le voyage du courrier apportant la nouvelle, pour le choix des délégués, leurs préparatifs, leur voyage, l'attente de leur tour d'audience, donné « à chacun suivant son rang ». La présentation d'Ibn Rochd ne peut donc guère être antérieure au début de l'année 1169.

Ainsi, la double entrevue d'Ibn Rochd avec son souverain et avec Ibn Thofaïl eut lieu certainement dans la seconde moitié de 1168 ou dans la première moitié de 1169 ; plus vraisemblablement dans la première moitié de 1169, si l'on admet comme probable qu'il vint en qualité de délégué saluer à Marrâkech le nouveau khalife. Ibn Rochd, âgé de 42 ans, était alors, comme toutes les vraisemblances l'exigent, dans la pleine maturité de son esprit ; et Ibn Thofaïl pouvait se plaindre à bon droit de son grand âge, s'il était né, comme cela paraît probable, vers l'an 1105, à quatre ou cinq unités près, et s'il avait, par conséquent, à cette époque, environ 63, peut-être même jusqu'à 68 ans.

Cette omission d'El-Marrâkochî une fois réparée, la date une fois rétablie, tirons parti des renseignements que ce précieux document nous fournit.

D'abord, nous ignorerions, sans lui, le rôle important qu'Ibn Thofaïl et son souverain ont joué, dans l'histoire de

(1) Ibn Abî Zer', *ibid.*, sous l'année 564.

la philosophie, en déterminant Ibn Rochd à composer ses commentaires. En ce qui concerne plus spécialement Ibn Thofaïl, ces deux récits nous montrent dans quelle intimité intellectuelle il vivait avec son maître, et cette constatation, nous le verrons, est grosse de conséquences historiques. Dans la première moitié de ce texte, je veux dire dans la partie qui précède ce double récit (1), l'historien a cru devoir insister déjà sur cette intimité : « Le Chef des Croyants Aboû Ya'qoûb, dit-il, avait pour lui beaucoup d'affection et d'amitié. J'ai entendu dire qu'il restait au palais, auprès de lui, pendant des jours et des nuits, sans paraître » (2).

Ce n'est d'ailleurs pas uniquement à titre de simple particulier, de commensal et d'ami, de causeur à la conversation attachante et profonde, qu'Ibn Thofaïl passait en tête à tête avec son souverain les jours et les nuits. Il était déjà vizir d'Aboû Ya'qoûb, puisqu'il parle à Ibn Rochd des occupations que lui imposent *sa fonction* et ses soins (3). Il ajoute aussitôt un membre de phrase qui jette un jour particulier sur son état d'âme à cette époque : « Sans compter, dit-il comme en *a parte*, des préoccupations plus graves ». N'était cette plainte discrète, nous pourrions nous figurer peut-être qu'au milieu du faste oriental, dans l'enivrement du pouvoir et des honneurs, Ibn Thofaïl a toujours mené l'existence la plus unie et la plus heureuse qu'ait jamais pu rêver l'imagination d'un Musulman. Ce soupir furtif, recueilli par l'histoire, suffirait pour nous détromper. De quelle nature pouvaient être ces préoccupations plus graves que le souci des intérêts d'un grand empire ? Est-ce à des machinations de courtisans jaloux qu'Ibn Thofaïl faisait allusion, ou à des chagrins d'ordre intime ? Peut-être Ibn Rochd comprenait-il à demi-mot.

(1) Voir plus haut, p. 9, n. 1.
(2) El-Marrâkochî, *ibid.*, p. ١٧٢, l. 6 du bas à l. 4 du bas; trad. franç., p. 208, l. 1 à l. 4.
(3) Voir plus haut, p. 6, n. 1.

Mais pour nous, il semble bien que nous soyons condamnés à demeurer sur ce point dans une complète ignorance. Quoi qu'il en soit, sa haute situation, semble-t-il, ne fut jamais sérieusement menacée. Il conserva toujours la confiance de son maître, qui, connaissant fort bien ses doctrines philosophiques, ses idées sur la religion, et sachant combien elles étaient de nature à effaroucher une orthodoxie ombrageuse, ne l'en maintint pas moins à la tête de l'État, comme pour les consacrer et les mettre en pratique. Identique fut d'ailleurs l'attitude du fils et successeur d'Aboû Ya'qoûb Yoûçof, Aboû Yoûçof Ya'qoûb. Les souverains almohades, les successeurs du Mahdi, devenus eux-mêmes *falâcifa* pour le plus grand bien de la civilisation musulmane en Occident, tel est le spectacle curieux et instructif que nous fait entrevoir, mieux qu'aucun autre document historique, le simple fait de la familiarité intellectuelle révélée par El-Marrâkochî entre le Chef des Croyants Aboû Ya'qoûb et son vizir, l'auteur du célèbre roman philosophique intitulé *Histoire de Hayy ben Yaqdhân*

En 1182, sans doute à cause de son grand âge, il résigne ses fonctions de médecin du khalife, et c'est son protégé Ibn Rochd qui lui succède dans cette charge. Mais il conserve celle de vizir (1). Environ deux ans plus tard, le 13 juillet 1184, Aboû Ya'qoûb Yoûçof mourait en Espagne, des suites de plusieurs blessures reçues au siège de Santarem (Portugal). Un de ses fils, Aboû Yoûçof Ya'qoûb, lui succéda. Il maintint, semble-t-il, le vieux philosophe au poste qu'il remplissait auprès de son père (2) et l'honora, lui aussi, de sa faveur.

(1) Ibn Abî Zer', *éd. et trad. lat.* de Tornberg, texte arabe, vol. I, p. ١٢٥, l. 9 du bas à l. 4 du bas; trad. lat., vol. II, p. 182, l. 2 à l. 8; cf. trad. Beaumier, p. 292, l. 16 à l. 24. — Conde, *ibid.*, p. 493, l. 5 du bas à dern. l. — Cf. Renan, *Averr. et l'averr.*, p. 19, l. 7 à l. 9.

(2) Ibn Abî Zer', *ibid.*, texte arabe, p. ١٤٣, l. 14; trad. Beaumier, p. 304, l. 9 du bas : « Les ministres, secrétaires et médecins de son père furent les siens ».

Ibn Thofaïl mourut en 581 (= 1185) à Marrâkech, où il fut enterré avec honneur. Le sultan Aboû Yoûçof Ya'qoûb assista en personne à ses funérailles (1).

Si son deuxième surnom d'Aboû Dja'far n'est pas le résultat d'une simple méprise, Ibn Thofaïl laissa au moins trois fils : Bekr, à qui il doit son surnom d'Aboû Bekr, et qui était probablement l'aîné, car c'est, non pas toujours, mais le plus souvent, du nom de son fils aîné, qu'un Musulman reçoit son surnom ; Yahya, que l'historien El-Marrâkochî a personnellement connu (2) ; enfin Dja'far, dont l'existence, attestée seulement par un surnom douteux de son père, demeure hypothétique. Aucun de ses fils ne parvint d'ailleurs à une certaine célébrité.

Il en va autrement d'un de ses disciples, dont les théories novatrices firent grand bruit au XIIIe siècle. Ce n'est pas d'Ibn Rochd qu'il s'agit ici, car il n'étudia point sous lui ; il n'est même pas plus spécialement disciple d'Ibn Thofaïl que de l'un quelconque des grands falâcifa musulmans, et même la nuance de sa doctrine diffère plus de celle de l'auteur du *Hayy ben Yaqdhân* que de celle de tel faïlacoûf plus ancien, comme El-Fârâbî ou El-Kindî. Il s'agit encore moins du jurisconsulte Aboû Bekr Bondoûd ben Yahya el-Qorthobî, disciple authentique d'Ibn Thofaïl, au témoignage d'El Marrâkochî (3), mais qui n'est pas autrement connu. Le disciple dont nous voulons parler se

(1) Ibn Abî Zer', *ibid.*, texte arabe, p. ١٣٥, l. 7 du bas ; trad. lat., p. 182, l. 4 ; trad. Beaumier, p. 292, l. 19. — Ibn El-Khathîb, cité par Casiri, *Bibl. arab.-hisp. Escur.*, t. II, p. 76, col. 2, l. 8 du bas et l. 7 du bas, cf. *ibid.*, Table générale, art. Abu Baker Mohamad ben Abdelmalek ben Thophil ; cf. le manuscrit d'Ibn el-Khathîb de la Bibl. Nation. intitulé *Markaz el-ihâtha* bi-'odabâ'i Gharnâtha [N° 3347 (anc. fonds 867)], fol. 45, en marge, au bas. — Conde, *ibid.*, p. 493, l. 4 du bas ; *Abbadides*, éd. Dozy, p. 171, l. 12. — Cf. Ibn Khallikân, trad. angl. par de Slane, vol. IV, p. 478, n. 9, l. 4 et 5 ; Makkari, trad. angl. de Gayangos, t. I, p. 335, l. 7 ; etc.

(2) El-Marrâkochî, *ibid.*, p. ١٧٣, l. 3 du bas ; trad. franç., p. 208, l. 7.

(3) El-Marrâkochî, *ibid.*, p. ١٧٤, l. 16 et 17 ; trad. fr., p. 209, l. 16 et 17.

nomme Aboû Ishaq el-Bithraoudjî (1) (Alpetragius, Alpetrangi, Alpetronji, etc., chez les scolastiques) (2). Munk lui a consacré une notice (3) qui nous dispense de nous étendre longuement sur lui (4). S'il peut compter parmi les disciples d'Ibn Thofaïl, ce n'est point à titre de philosophe, mais d'astronome. Nous ne connaissons de lui, en effet, qu'un traité d'astronomie composé vers la fin du XIIe siècle ou au début du XIIIe (5). Dans ce traité, conformément à certaines vues astronomiques d'Ibn Thofaïl, qu'il a soin de rappeler dans sa préface, et sur lesquelles nous reviendrons plus loin, il prétend, après avoir détruit de fond en comble le système astronomique de son temps, hérité de Ptolémée, lui en substituer un nouveau, plus simple et plus conforme aux vrais principes de la nature. Un auteur juif du début du XIVe siècle dit que « par sa théorie, il a mis en émoi le monde entier » (6).

De disciple philosophe, Ibn Thofaïl n'en laissa point à proprement parler, puisqu'Ibn Rochd ne peut être appelé son élève.

On ne nous apprend rien sur le caractère d'Ibn Thofaïl. Cependant, à en juger par ses écrits, la hauteur de pensée, le ton de noble sérénité qui règne dans ses poésies et dans son œuvre philosophique, nous inclineraient à concevoir de sa personnalité morale aussi bien que de son esprit une idée avantageuse.

(1) C'est-à-dire du bourg de *Bithraoudj* بِطْرُوج au Nord de Cordoue (Voir Munk, *ibid.*, p. 518, n. 4).
(2) Munk, *ibid.*, p. 518, premières lignes.
(3) *Ibid.*, pp. 518 à 522.
(4) Voir aussi, sur El-Bithraoudjî, H. Suter, *Die Mathematiker und Astronomen der Araber* und ihre Werke. Leipzig, 1900, pp. 131 et 218.
(5) Ce traité fut traduit en latin par Michel Scot, à Tolède, en 1217 (Munk, *ibid.*, p. 519, l. 5 et 6 ; p. 521, l. 5 du bas à dern. l.).
(6) Munk, *ibid.*, p. 521, l. 12 à l. 17.

DEUXIÈME PARTIE

ŒUVRES D'IBN THOFAÏL

CHAPITRE I

Œuvres poétiques, médicales, astronomiques.

Des témoignages unanimes nous représentent Ibn Thofaïl comme versé dans toutes les sciences de son temps (1).

C'est dire qu'il était poète. Car dans la classification des sciences empruntée par les Musulmans à l'école péripatéticienne, et dans laquelle, entre la science et l'art, la limite flotte indécise, la poétique n'était qu'un chapitre de la logique. Or pour les héritiers des vieux poètes antéislamiques, si fiers de ce glorieux héritage, la théorie et la pratique étaient, en fait, inséparables : l'étude approfondie de la poétique n'allait pas sans la culture de la poésie.

(1) *Ibn Challikani vitae illustrium virorum*, e pluribus manuscriptis inter se collatis nunc primum Arabice edidit, variis lectionibus indicibusque locupletissimis instruxit Ferdinand Wüstenfeld, Philosophiae doctor, lingg. orientt. in Universitate Georgia Augusta privatim docens. Gottingae, 1835-1837, 2 vol., n° ٨٥٥, fasc. XII, p. 30, l. 19, à p. ٣١, l. 2; trad. angl. par de Slane, vol. IV, p. 474, l. 24 à l. 30; p. 478, n. 9, l. 1 à l. 3. — *Abbadides*, éd. Dozy, t. II, p. 171, l. 2 à l. 4. — Ibn el-Khathîb cité par Casiri, *ibid.*, t. II, p. 76, col. 2, l. 25 à l. 32. — Ibn el-Khathîb, *Markaz el-ihâtha*, fol. 44 v°, art. Ibn-Thofaïl, l. 2 et 3.

Ajoutons que dans aucun pays musulman le talent poétique ne fut jamais plus prisé qu'en Andalousie à une certaine époque. Avant la réaction almoravide, on avait vu, à la cour brillante et dissolue de divers princes andalous, tel poème de quelques vers valoir à son heureux auteur une haute judicature ou le gouvernement d'une province. Proscrite par les farouches conquérants almoravides, puis réhabilitée par les sultans almohades, la poésie, sans doute, ne constituait plus à la cour de ces derniers un aussi rapide moyen de parvenir. Elle n'en était pas moins redevenue, comme aux belles périodes de tout pays musulman, la marque par excellence d'une éducation libérale. Ainsi que tout Musulman lettré (1), Ibn Rochd était donc poète à ses heures. Quelques-unes de ses poésies nous sont parvenues (2). Elles ne révèlent pas un grand génie poétique et

(1) Les Musulmans considèrent même cette poésie antéislamique, bien qu'érotique et d'inspiration païenne, comme le complément indispensable d'une éducation religieuse achevée et par conséquent de toute éducation vraiment complète : c'est en effet chez les anciens poètes arabes du 1er siècle avant l'hégire, que les commentateurs du Qoran sont allés chercher des citations propres à éclairer le sens de nombreuses expressions qoraniques tombées en désuétude et dont la signification s'est, de très bonne heure, entièrement perdue. Ils se sont conformés en cela au conseil qui leur était donné dans un hadîts attribué au Prophète. (Cf. R. Basset, *La poésie arabe anté-islamique*. Paris, 1880, p. 8 ; p. 55, av.-dern. l., à p. 56, l. 4.)

(2) 1° Un poème didactique d'ordre médical (voir plus loin, p. 25, l. 5 du bas à dern. l.); 2° Trois poésies dont le texte nous a été conservé par El-Marrâkochî, p. ١٧٣, dern. l., à p. ١٧٤, l. 12 ; *trad. franç.*, pp. 208 et 209; 3° Outre la première de ces trois pièces, qu'il reproduit avec certaines variantes (18 vers), le manuscrit de Paris du *Markaz el-ihâtha* d'Ibn el-Khathîb (voir plus haut, p. 20, n. 1) donne deux petites pièces l'une de deux, l'autre de trois vers (fol. 45 recto, au bas) et une ode (de 14 vers) sur la prise de Gafça par Aboû Ya'qoûb Yoûçof en l'an 576 = 1180-1181 (et non en 596, date que porte par erreur le manuscrit de Paris). Mais ce texte, d'ailleurs sans intérêt, me semble trop altéré pour qu'on puisse s'aventurer à en donner une traduction : il faudrait le collationner au préalable avec les manuscrits du même ouvrage, et aussi de l'*Ihâtha bi-tâ'rîkh Gharnâtha*, du même auteur, dont le *Markaz* n'est qu'un extrait, conservés dans diverses bibliothèques de l'Europe et du Caire (voir Brockelmann, *Geschichte der arabischen Litteratur*. Weimar,

ne sortent pas, naturellement, du cadre étroit dans lequel demeure enfermée la poésie arabe : poésie subjective des anciennes *qacîda* et poésie mystique. Tout au plus nous fournissent-elles, peut-être, quelques indications, d'ailleurs bien vagues, touchant le caractère d'Ibn Thofaïl (1).

Selon Ibn el-Khathîb Liçân ed-dîn, le célèbre historien de Grenade qui vivait au xive siècle, Ibn Thofaïl aurait écrit deux volumes de médecine (2). Ibn Abî 'Oçaïbiya dans son Histoire des médecins, au chapitre sur la vie d'Ibn Rochd (3), parle de traités échangés entre Ibn Thofaïl et Ibn Rochd au sujet du chapitre des *Kolliyyât* (4) qui traite des médicaments. Peut-être s'agit-il des deux traités précédents. Enfin Casiri mentionne un poème d'Ibn Thofaïl sur les simples (*de simplicibus medicamentis*), au sujet duquel il ne nous fournit aucun renseignement, et qui se trouve, dit-il, à la Bibliothèque de l'Escurial, dans le manuscrit d'Ibn el-Khathîb intitulé *Histoire encyclopédique de Grenade* (5). En somme, rien ne nous autorise à pen-

1898-1902, 2 vol., vol. I, p. 262). Tel est aussi l'avis de mon ancien professeur, M. René Basset, dont l'opinion fait autorité en matière de poésie arabe. Je dois à son obligeance inlassable et à son inépuisable érudition divers renseignements dont je suis heureux de pouvoir le remercier ici.

(1) Voir plus haut, p. 21, dern. alinéa.

(2) Casiri, *ibid.*, t. II, p. 76, col. 2, l. 33 et 34.

(3) Texte arabe, donné en appendice par Renan, *Averroès et l'averroïsme*, p. 455, l. 3 du bas à dern. l.

(4) Le titre de ce traité, que les scolastiques appellent le *Colliget*, signifie *Généralités* ou *Traité sur l'ensemble de la médecine*. Voir l'Introduction de ce traité et le début du livre I : *Aristotelis opera... cum Averrois... commentariis*, vol. IX, *Colliget*, fol. 1 A à E, ainsi que le titre des sept livres qui composent l'ouvrage (fol. 1 H à fol. 2 L), et fol. 3 D E. — Cf. Renan, *ibid.*, p. 14, l. 4 du bas, et p. 76 au bas, corrigé par le docteur Lucien Leclerc dans son *Histoire de la médecine arabe...* Paris, 1876. 2 vol., vol. II, p. 102, n. 1. — Cf. Munk, *ibid.*, p. 429, av.-dern. et dern. l. : « ...*Colliyyât* (*Généralités*), traité de *thérapeutique générale* ».

(5) Casiri, *ibid.*, t. II, p. 76, col. 2, l. 33 à l. 35. — Le manuscrit de Paris du *Markaz el-ihâtha* d'Ibn el-Khathîb parle seulement d' « un poème du mètre radjaz sur la médecine » ارجوزة فى الطب (fol. 44 v°, art. Ibn Thofaïl, l. 4).

ser qu'Ibn Thofaïl ait eu des vues originales en médecine.

N'en va-t-il pas autrement de ses conceptions astronomiques? Bien qu'il n'ait rien écrit sur l'astronomie, sauf quelques courts passages du *Hayy ben Yaqdhân* (1), et peut-être un traité sur les zones de la terre, sur les lieux habitables et inhabitables (2), nous apprenons, par deux témoignages de premier ordre, qu'Ibn Thofaïl, mécontent du système astronomique de Ptolémée, avait été conduit à en imaginer un nouveau. Dans son commentaire moyen sur la Métaphysique d'Aristote (livre XII), Ibn Rochd, critiquant, lui aussi, les hypothèses de Ptolémée sur la structure des sphères célestes et les mouvements des astres, dit qu'Ibn Thofaïl possédait sur cette matière d'excellentes théories dont on pourrait tirer grand profit (3). De même, dans l'introduction de son fameux traité d'astronomie (4), El-Bithraoudjî, ce disciple dont nous avons déjà parlé, s'exprime ainsi : « Tu sais, mon frère, que l'illustre qâdhî (5) Aboû Bekr Ibn Thofaïl nous disait qu'il avait trouvé un système astronomique et des principes pour ces différents mouvements, autres que les principes qu'a posés Ptolémée, et sans admettre ni excentrique ni épicycle; et avec ce

(1) *Hayy ben Yaqdhân*, au début du roman : texte arabe, pp. ١٧ à ٢٠ (trad. fr., pp. 16 à 19).

(2) Ibn Rochd dit, en effet, dans son Commentaire moyen des *Météores* d'Aristote [*Aristotelis... opera, cum Averrois... commentariis*, vol. V, Meteorologicorum liber secundus, fol. 441 F], que son ami Ibn Thofaïl avait fait sur ce sujet un bon traité (« bonum tractatum »). Mais tractatum rend vraisemblablement le mot arabe مقالة, qui peut désigner aussi bien un chapitre, un développement épisodique au cours d'un ouvrage. Il n'est donc pas impossible que ce passage d'Ibn Rochd vise tout simplement le début du *Hayy ben Yaqdhân*, où Ibn Thofaïl s'efforce de prouver [à l'exemple d'Avicenne et contre l'opinion d'Aristote adoptée par Averroès (Voir le dit commentaire des Météores, II, fol. 438 à 441)] que le climat le mieux tempéré est celui des régions situées sous l'équateur. Il faut cependant noter qu'Ibn Rochd, dans ses écrits, ne fait aucune autre allusion au *Hayy ben Yaqdhân*.

(3) Munk, *ibid.*, p. 412, l. 8 à l. 12, et n. 1.

(4) Munk, *ibid.*, p. 412, l. 13 à av.-dern. l.

(5) Voir plus haut, p. 6, n. 1.

système, disait-il, tous ces mouvements sont avérés (1) et il n'en résulte rien de faux. Il avait aussi promis d'écrire là-dessus et son rang élevé dans la science est connu ». Malheureusement, notre philosophe n'a pas tenu cette promesse et, d'autre part, ni Ibn Rochd ni El-Bithraoudjî ne nous renseignent directement sur la nature et la portée de la réforme qu'il avait conçue.

Ce silence de leur part n'est-il pas surprenant? Eh quoi! pourrait-on dire : dès la fin du XIIe siècle, dans l'État le plus civilisé de l'époque, un homme, occupant une pareille situation, annonce aux premiers savants de son temps qu'il a découvert un nouveau système de l'Univers, bien supérieur au système de Ptolémée, qui depuis mille ans régnait sans partage. Il meurt sans avoir pu tenir la promesse qu'il leur avait faite d'exposer par écrit une pareille découverte. Et ces savants, ces disciples, un astronome tel qu'El-Bithraoudjî, un philosophe tel qu'Ibn Rochd, qui écrivent pour la postérité, ayant mentionné sèchement le fait dans un unique passage de leurs œuvres, se croient quittes envers la légitime curiosité des générations à venir! Ils ne prennent même pas la peine de nous indiquer l'idée fondamentale de ce nouveau système. Sans doute, ils n'en avaient pas saisi la portée. Et nous sommes tentés de déplorer leur aveuglement. Nous en venons à nous demander si l'hypothèse imaginée par Ibn Thofaïl ne contenait pas déjà, qui sait? les éléments essentiels de la grande réforme astronomique accomplie quatre cents ans plus tard par Copernic et Galilée. Les Arabes ont eu le pressentiment de plus d'une découverte moderne. Ne trouvons-nous pas dans El-Ghazâlî (2), avec les mêmes argu-

(1) Très probablement, en arabe, تحقّق, c'est-à-dire : « *on rend compte exactement de* tous ces mouvements ».

(2) Dans la curieuse autobiographie intitulée *El-monqidh min edh-dhalâl* (*La délivrance de l'erreur*). Voir le texte arabe complet, accompagné d'une traduction française, dans Schmölders, *Essai sur les écoles philosophiques chez les Arabes*. Paris, 1842, p. ٥ et suiv. du texte arabe,

ments, exposés point par point dans le même ordre, le doute méthodique de Descartes! El-Ghazâlî lui-même ne paraît pas avoir soupçonné l'importance du point de vue nouveau qu'il venait d'indiquer (1); et cet exposé du doute méthodique, fait par un philosophe arabe d'Orient plus de cinq cents ans avant le *Discours de la Méthode*, avait si peu fixé l'attention des historiens de la philosophie, qu'aucun d'eux n'avait signalé cette coïncidence au moins singulière (2). Pourquoi donc refuser d'admettre qu'Ibn Thofaïl ait pu entrevoir, plus ou moins vaguement, l'idée de la réforme copernicienne (3)? L'inventeur n'ayant rien écrit

p. 19 et suiv. de la traduction. — M. Barbier de Meynard a donné dans le *Journ. Asiatique* (année 1877, 7e série, t. IX) puis édité à part (Extr. du *Journ. Asiatique*, Imprimerie Nationale. Paris, 1877) une nouvelle traduction française du *Monqidh*, plus exacte que la précédente. M. Barbier de Meynard rectifie en notes, d'après un nouveau manuscrit, les principales incorrections du texte édité par Schmölders.

(1) Le mérite de cette découverte revient-il tout entier à El-Ghazâlî? Sur ce point, voir plus loin, p. 88, n. 1.

(2) Nous l'avons signalée pour la première fois dans un opuscule intitulé *La philosophie musulmane*, leçon d'ouverture d'un cours public sur Le roman philosophique d'Ibn Thofaïl, faite à l'École supérieure des Lettres d'Alger, le 16 novembre 1899. Collection Elzévirienne. Paris, Leroux, 1900, p. 61. Voir, confrontés, en appendice, à la fin de cet opuscule, une traduction nouvelle du passage d'El-Ghazâlî et le texte correspondant du *Discours de la Méthode*.

(3) Telle fut, par exemple, l'impression de Renan, lorsqu'il rencontra, non pas chez Ibn Thofaïl, mais chez Ibn Rochd, *la même* indication vague d'une réforme possible, et souhaitable, du système astronomique de Ptolémée. « On ne peut pas dire, écrit-il, qu'Ibn Roschd sorte, par ses études, du type commun des savants musulmans. Il sait ce qu'ils savent : la médecine, c'est-à-dire Galien; la philosophie, c'est-à-dire Aristote; l'astronomie, c'est-à-dire l'Almageste. Mais il y ajoute un degré de critique rare dans l'islamisme [rare en général, soit, mais non pas chez les falâcifa], et parmi ses observations, *il en est qui dépassent beaucoup l'horizon de son époque* ». Puis il ajoute en note : « Voir, par exemple, une *bien remarquable observation critique sur l'astronomie de Ptolémée*, qui renfermait *le germe d'un immense progrès* » (*In Metaph.*, l. XIII, c. 8. Opp., t. VIII, fol. 154 v°) ». [Renan, *Averr. et l'averr.*, 3e édition, p. 46, l. 18. — Ce passage et cette note ne figurent pas dans la première édition]. — Il y a dans cette référence une faute d'impression : on doit lire l. XII au lieu de l. XIII. Il s'agit des commentaires 42 à 47.

touchant sa découverte, et ses disciples ou amis n'en ayant pas compris la valeur, cette conception géniale du philosophe et astronome andalous serait tombée ainsi dans l'oubli.

Mais il suffit d'examiner d'un peu près la question (1) pour en revenir à une plus juste appréciation du dommage causé par le silence d'Ibn Rochd et d'El-Bithraoudjî aux progrès de l'astronomie médiévale et à l'histoire de l'astronomie. Ces critiques dirigées par Ibn Thofaïl contre le système de Ptolémée, contre l'hypothèse des excentriques et des épicycles, on les rencontre, à la même époque, chez d'autres qu'Ibn Thofaïl, avant comme après lui, en Égypte comme en Andalousie, chez les philosophes juifs comme chez les philosophes musulmans (2). Tous ces réformateurs sont d'accord : ils forment une chaîne continue dont Ibn Thofaïl est un simple anneau. Contre le système de Ptolémée, ils font tous valoir le même grief : c'est qu'il viole les principes généraux de la physique aristotélicienne, en imaginant, sous le nom d'excentriques et d'épicycles, des mouvements célestes circulaires dont le centre ne coïncide pas avec le centre de l'Univers. Il s'agit uniquement pour eux de retrouver, pour le compléter, le système astronomique d'Aristote, altéré par Ptolémée. Ce que les Copernic et les Galilée reprocheront à l'astronome grec, c'est d'être demeuré trop asservi aux principes de la métaphysique et de la physique aristotélicienne. Ce que condamnaient en lui Ibn Thofaïl et ses contemporains, c'est son infidélité à ces principes. Loin de marquer un pas en avant, la réforme qu'ils appelaient de leurs vœux n'eût été qu'un pas en arrière.

On voit donc combien il serait chimérique de supposer

(1) Nous avons consacré à l'étude de cette question un travail spécial, d'une quarantaine de pages, qui est prêt pour l'impression et qui doit paraître incessamment sous le titre suivant : « *Une réforme du système astronomique de Ptolémée*, tentée par les philosophes arabes du XIIe siècle ».

(2) Ibn Bâddja, Ibn Rochd, El-Bithraoudjî, Maïmonide, etc.

qu'Ibn Thofaïl, ou tout autre de ses contemporains, ait pu entrevoir, autrement qu'à titre de fantaisie absurde, le système astronomique moderne. Que les astres pussent graviter librement à travers l'espace infini, et que la Terre elle-même fût un de ces astres errants, ce sont là des conceptions qui ne pouvaient trouver accès dans l'esprit d'un savant musulman, d'un péripatéticien arabe. L'esprit musulman jusqu'à nos jours, comme le nôtre jusqu'à Képler et Copernic, devait demeurer emprisonné sous les multiples sphères cristallines du ciel aristotélicien, et enchaîné à la Terre immobile au centre du Monde.

CHAPITRE II

Œuvres philosophiques.

On n'a guère eu, jusqu'ici, que des idées vagues ou fausses touchant la plupart des questions relatives aux livres philosophiques d'Ibn Thofaïl.

Sur cinq manuscrits dont nous avons maintenant connaissance, deux seulement étaient identifiés d'une manière exacte ; le troisième passait à tort pour un autre ouvrage d'Ibn Thofaïl, en réalité perdu, et peut-être imaginaire ; le quatrième avait toujours été pris pour l'œuvre d'un autre auteur ; le cinquième était inconnu.

Le premier de ces cinq manuscrits se trouve à la Bibliothèque Bodleyenne d'Oxford (1). C'est, comme nous le montrerons tout à l'heure, le manuscrit du *Hayy ben Yaqdhân* qu'a édité Pococke sous le titre latin : *Philosophus autodidactus*.

Le second est à Londres, au British Museum (2). Comme

(1) *Bibliothecae Bodleianae codicum manuscriptorum orientalium... Catalogus..* a Joanne Uri confectus. Pars prima. Oxonii, MDCCLXXXVII, p. 65, n° CXXXIII 2° :

Philosophus autodidactus, sive Epistola Abi Giaafar ben Tofail de Hai ben Yokdhan, in qua ostenditur, quomodo ex inferiorum contemplatione ad superiorum notitiam Ratio humana ascendere possit. [Pocock 263.]

(2) *Catalogus manuscriptorum orientalium qui in Museo Britannico asseverantur*. Pars secunda Codices Arabicos amplectens. Londini, 1871. Supplementum, p. 448, col. 2 (N° X du chapitre relatif à la philosophie : Codices ad philosophiam... pertinentes) :

« X. Abu Ja'far Abu Bakr Ibn al-Tufaïl Al-Ishbili al Curtubi. ابو جعفر ابو بكر بن الطفيل الاشبيلي القرطبي Tractatus Hayy ben Yaczán inscriptus : رسالة حى بن يقظان fol. 235 (^{k}). Init. : الحمد لله

le prouvent le titre et l'Incipit, reproduits dans le catalogue de cette bibliothèque, c'est également un manuscrit du *Hayy ben Yaqdhân*.

Il existe à la Bibliothèque de l'Escurial un troisième manuscrit d'Ibn Thofaïl dont l'identité demeurait douteuse. Dès l'année 1900 (1), ou plus exactement dès 1899 (2), nous posions et tranchions la question dans les termes suivants : « Casiri, dans son catalogue des manuscrits de l'Escurial, publié sous le titre de *Bibliotheca Arabico-Hispana*, mentionne (t. I, p. 203, n° DCXCIII) le manuscrit mutilé d'un *Traité de l'Ame* dont l'auteur est Abou Bekr ben Thofaïl, l'Espagnol, de Cordoue, et qui a pour titre اسرار الحكمة المشرقية (Secrets de la Sagesse orientale) (3). — Dans son Catalogue des *Manuscrits arabes de l'Escurial*, t. I, p. 492, n° 669 (c'est une faute typographique : il faut lire 696), M. Hartwig Derenbourg fait mention du même manuscrit « en très mauvais état et dont le commencement est indé-

العظيم الاعظم القديم الاقدم (Ce titre et cet incipit sont identiques à ceux de l'édition Pococke et des deux éditions égyptiennes dont nous parlerons plus loin). — En note : (*k*) Arabice editus est opera clarissimi Edw. Pocockii sub titulo : *Philosophus autodidactus*. Oxon , 1671.

(1) *Hayy ben Yaqdhân*, roman philosophique d'Ibn Thofaïl, texte arabe publié d'après un nouveau manuscrit avec les variantes des anciens textes et traduction française (Collection du Gouvernement général de l'Algérie). Alger, Fontana, 1900, Introduction, pp. v et vi.

(2) Dans le premier fascicule, qui n'a été tiré séparément qu'à quelques exemplaires, et dont le texte, dans l'édition complète de 1900, n'a subi que de très légères modifications.

(3) Casiri, *Bibliotheca Arabico-Hispana Escurialensis*. 2 vol. in-fol. Matriti, 1760-70, t. I, p. 203, col. 1-2 : DCXCIII 3° : (Après un traité d'Abu Ali Ahmad ben Mohamad Mascuiah, *Opus philosophicum de Anima*, Casiri ajoute) : « 3° Alter de eodem argumento Liber, sed mutilus, titulo Sapientiae Orientalis Arcana, cujus auctor Abu Baker ben Thophaïl Hispanus Cordubensis ». Et en note : « Titulus اسرار الحكمة المشرقية Auctor تاليف ابى بكر بن طفيل الاندلسى ». La table générale porte : « Abu Baker ben Tophaïl, Corbubensis, De anima opus edidit, Sapientiae Orientalis Arcana dictum. I, p. 203, col. 2 ». — Dans son histoire de la littérature arabe (*Geschichte der arabischen Litteratur*, 1898, Bd. I, p. 460), C. Brockelmann présente encore ce manuscrit de l'Escurial comme un ouvrage d'Ibn Thofaïl distinct du *Hayy ben Yaqdhân*.

chiffrable ». — Munk (*ouvrage cité*, p. 411) (1) suppose que ce manuscrit « est peut-être identique avec le *Traité de* « *l'Ame* ou avec le traité philosophique... (de *Hayy ben* « *Yaqdhân*) » (2). — Sans nous engager ici dans une discussion approfondie, faisons remarquer seulement, à l'appui de cette dernière supposition, que le titre de ce manuscrit اسرار الحكمة المشرقية, Secrets de la philosophie orientale (ou *spiritualiste*, comme traduit M. Derenbourg, cf. Munk, ouvr. cité, p. 413 ; p. 330, et même page, note 2) est précisément le sous-titre de la riçâla de *Hayy ben Yaqdhân* (3) ;

(1) Munk, *Mél. de philos. juive et arabe*, p. 411, dern. l.

(2) Munk, on le voit, fait preuve de prudence et de sagacité. Au contraire, dans sa *Literaturgeschichte der Araber*, bis zur Ende des 12. Jahrhundert des Hidschret. Vienne, 1850-56, 7 vol., Hammer-Purgstall est bien éloigné de soupçonner l'identité du manuscrit de l'Escurial et du *Hayy ben Yaqdhân*. Il dit, sous l'article Ibn Thofaïl (7e vol., n° 7976, p. 442) : « Eben so wenig wusste Pococke von *einem anderen*, auch dem fleissigen Rossi unbekannt geblieben Werke Ibn Thofeil's, welches sich auf der Bibliothek des Escurials unter dem Titel der östlichen Weisheit befindet (En note : Casirius I, S. 203), die Uebersetzung desselben würde vermuthlich über die Geschichte der östlichen Philosophie grösseres Licht verbreiten, als die Abhandlung Hai ben Iokdhan's ».

(3) Si l'on en juge par les fiches des catalogues et par l'édition Pococke, ce sous-titre manque non seulement dans le manuscrit d'Oxford mais aussi dans celui du British Museum. Il manque également dans le manuscrit d'Alger, dont il sera question tout à l'heure. Mais ce dernier a été copié sur un manuscrit dont le titre manquait, ainsi qu'en fait foi le titre de fantaisie qui figure comme en-tête sur le manuscrit d'Alger (voir notre édition avec traduction, Introd., pp. XIII et XVI). Peut-être même toute la première page, soit du manuscrit antérieur, soit du manuscrit d'Alger lui-même, avait-elle disparu, comme tend à le faire croire l'absence, dans le manuscrit d'Alger, d'un préambule d'environ dix lignes, commun à tous les autres manuscrits ou éditions (voir *ibid.*, texte arabe, p. ٤, note 1). Mais ce sous-titre figure vraisemblablement dans le manuscrit sur lequel ont été faites nos deux éditions du Caire (voir plus loin, p. 44, 5°; p. 45, 3e à 8e), puisque leur en-tête débute ainsi رسالة حي بن يقظان في اسرار الحكمة المشرقية (*Histoire de Hayy ben Yaqdhân ou Secrets de la philosophie orientale...*) [ou *illuminative* (voir plus loin, p. 59, n. 1)]. Ce sous-titre trouve d'ailleurs une complète justification dans le contenu de l'ouvrage et dans le libellé de l'*envoi* par lequel il débute : « Tu m'as demandé, frère au cœur pur,... de te révéler ce que je pourrais des Secrets de la Philosophie orientale [ou illuminative] communiqués par... Ibn Sînâ ».

que Casiri, parcourant à la hâte un nombre énorme de manuscrits pour en dresser le catalogue, a pu prendre tout naturellement pour un traité de l'Ame un manuscrit *mutilé et en très mauvais état* de notre *Hayy ben Yaqdhân*, dont une bonne partie est relative à l'âme. Enfin, M. Derenbourg, qui a eu le manuscrit entre les mains, semble partager cette opinion puisqu'il ajoute : « opuscule publié à « Boulaq en 1882 », date qui est celle des diverses éditions égyptiennes de *Hayy ben Yaqdhân*. Cependant nous n'avons pu jusqu'ici lever le doute qui subsiste, soit en allant à l'Escurial, soit en faisant prendre la copie ou le cliché photographique d'une page de ce manuscrit. — Quant à la première supposition de Munk, elle nous paraît beaucoup moins probable : nous avons peine à croire que le manuscrit de l'Escurial soit précisément le *Traité de l'Ame* mentionné par El-Marrékochi (1), et qui aurait eu pour titre, si cette identification était exacte, le sous-titre du *Hayy ben Yaqdhân* ».

Peu de temps après avoir écrit ces lignes, nous avons pu nous procurer la preuve directe qui nous manquait. En septembre 1900, un de nos collègues de Madrid, M. Francisco Codera, professeur à la Universidad Central, voulut bien, sur nos indications et à notre demande, se rendre à la Bibliothèque de l'Escurial et collationner plusieurs pages du manuscrit arabe n° 696 avec les pages correspondantes du roman d'Ibn Thofaïl. Il constata l'identité des deux textes, sauf quelques variantes sans importance, telles qu'en présentent toujours les copies d'un même ouvrage. Ce manuscrit, d'ailleurs, était devenu presque entièrement inutilisable. Sous l'action prolongée de l'humidité, les feuillets avaient adhéré entre eux, et

(1) Allusion au passage suivant de la même Introduction, p. v, qui précède de quelques lignes le début du présent paragraphe : « Un *traité de l'Ame* (par Ibn Thofaïl), dont un historien musulman du XIII° siècle, Abd-el-Ouâhid El-Marrékochi, déclare avoir vu le manuscrit autographe ». — Nous reviendrons tout à l'heure sur ce point.

l'encre de chaque page avait marqué sur la page opposée, au point de rendre un grand nombre de lignes complètement illisibles (1). Cette identification, désormais certaine, ôte aux historiens de la philosophie musulmane le dernier espoir de trouver dans une bibliothèque publique un manuscrit du *Traité de l'Ame* d'Ibn Thofaïl. Ils doivent se résigner jusqu'à nouvel ordre, à considérer ce traité comme perdu, en admettant qu'il ait jamais existé. Nous discuterons plus loin ce dernier point.

Un quatrième manuscrit du *Hayy ben Yaqdhân* d'Ibn Thofaïl est resté ignoré jusqu'à ce jour, bien qu'appartenant à une bibliothèque publique, parce qu'il a reçu au catalogue une attribution doublement fausse, de titre et d'auteur. Nous avions déjà, par inférence, établi l'existence d'un tel manuscrit : « Il doit exister en Orient, disions-nous, un autre manuscrit, d'après lequel ont été publiées en 1299 (1882 de l'ère chrét.) plusieurs éditions arabes : en Égypte, quatre..., à Constantinople... deux éditions » (2). Un rapide examen des notes placées au bas des pages de notre texte arabe suffisait à montrer clairement, par la comparaison des diverses variantes, que les deux éditions arabes du Caire utilisées par nous n'étaient pas une reproduction de la seule édition antérieure, l'édition Pococke. D'autre part, il ne peut venir à la pensée d'aucun arabisant qu'en pays musulman un imprimeur indigène ait pu songer à éditer, il y a plus de vingt-cinq ans, un manuscrit arabe d'une bibliothèque européenne. Nous étions donc fondé à tenir pour certaine l'existence, au Caire ou à Constantinople, dans une bibliothèque publique ou privée, d'un

(1) Nous tenons à remercier publiquement M. Codera pour la peine qu'il a bien voulu prendre en cette circonstance. Dès janvier 1901, à la fin d'une courte notice publiée à l'occasion de notre livre dans le *Boletin* de la Real Academia de la Historia et intitulée : *El filósofo autodidacto de Ibentofail*, il a signalé lui-même la réponse qu'il venait de faire à la question que nous lui avions posée.

(2) *Ouvr. cité*, Introduction, p. IX.

manuscrit du *Hayy ben Yaqdhân*. La comparaison des variantes montrait en outre que ce manuscrit et celui d'Oxford appartenaient à la même famille ; nous en donnions plusieurs preuves décisives (1). Il restait à retrouver ce manuscrit. En compulsant, à cet effet, tous les catalogues des bibliothèques turques et égyptiennes, nous avons fini par découvrir dans le catalogue de la Bibliothèque Khédiviale du Caire (2), sous le nom du philosophe arabe Ibn Sab'în (3), un manuscrit portant ce titre اسرار الحكمة المشرقية (*Secrets de la philosophie orientale* [ou : *illuminative*]). Le catalogue en reproduit l'incipit : il est identique à celui du manuscrit d'Alger. Aucun doute ne pouvait donc subsister : nous avions retrouvé, sous un faux nom d'auteur, et sous un faux titre, ou plutôt avec son seul sous-titre, un manuscrit du *Hayy ben Yaqdhân* d'Ibn Thofaïl, peut-être celui-là même sur lequel ont été faites, en 1882, nos deux éditions

(1) *Ouvr. cité*, Introd., p. XIII, l. 18, à p. XIV, l. 3.

(2) *Fihrist el-kotob el-'arabiyya* 'l-mahfoûdha bi 'l-kotobkhanè 'l-khidiwiyya... bi-Miçr. Le Caire, 1306-1309. 7 vol., vol. VI, p. 88 : أسرار الحكمة المشرقية لابى محمد عبد الحق بن ابراهيم العكى المرسى الأندلسى ابن سبعين المولود سنة ٦١٤ المتوفى تاسع سوّال (sic) سنة ٦٦٩ أوّلها سألت ايها الأخ الصفى منحك الله البقاء الابدى واسعدك السعد السرمدى ان أبث لك (var. de nos textes : اليك) ما امكننى بثه من أسرار الحكمة المشرقية ۞ نسخة فى مجلد (بقلم عادى) قديم نس اج ا ن خ ٢ ن ع ٤١٩٣

(3) Aboû Mohammed 'Abd-el-Haqq ben Ibrâhîm ben Mohammed el-Ichbîlî ben Sab'în, né à Ceuta, mort à La Mekke en 668 (= 1269), fondateur d'une secte philosophique mystique qui porte son nom, connu surtout, en Europe, par sa correspondance philosophique avec l'empereur Frédéric II de Hohenstaufen. Voir *Journ. Asiat.*, série 5, t. I (1853), pp. 240 à 274, l'article d'Amari : *Questions adressées aux savants musulmans par l'empereur Frédéric II*; et série 7, t. XIV (1879), pp. 341 à 454, l'article de M. Mehren, *Correspondance du philosophe-soufi Ibn Sabîn Abdalhaqq avec l'empereur Frédéric de Hohenstaufen*. — Cf. Brockelmann, *Gesch. der arab. Litter.*, 1898-1902, 2 vol., I, p. 465.

du Caire, et aussi les quatre autres éditions du Caire et de Constantinople, imprimées la même année (1).

Nous avons eu enfin la bonne fortune de découvrir, en 1899, grâce aux bons offices de M. J. D. Luciani, arabisant et auteur de plusieurs ouvrages estimés, alors chef de bureau au Gouvernement général de l'Algérie, aujourd'hui Conseiller de gouvernement, un cinquième manuscrit du *Hayy ben Yaqdhân* d'Ibn Thofaïl (2).

(1) Voir plus loin, p. 45, 3e à 8e. — Au mois d'avril 1909, M. Luciani (voir p. 37, l. 4), en mission au Caire, a bien voulu, sur ma demande, prendre copie, à la Bibliothèque Khédiviale, de plusieurs pages du manuscrit en question : les deux pages du début (verso du premier feuillet et recto du deuxième), et les deux pages du huitième feuillet, recto et verso. Conformément à nos prévisions, ces quatre pages reproduisent exactement, sauf des variantes inévitables, le début de l'Introduction du *Hayy ben Yaqdhân* d'Ibn Thofaïl et le début du roman (dans notre édition : p. ٤, première ligne, à p. ٥, l. ١٠; et p. ١٧, l. 3, à p. ١٨, l. 8). Mais les variantes, en bien des cas, s'écartent de celles de nos deux éditions du Caire et coïncident avec celles du Manuscrit d'Alger. Par exemple, dans notre édition : p. ٤, n. ١, n. 3, n. ٩; p. ٥, n. 3, n. 4, n. ٧, n. ١٠; p. ١٧, n. 5; p. ١٨, n. 3 (absence de la ligne interpolée par P. E.), n. 5. Autant donc qu'on en puisse juger d'après ces quatre pages, il est douteux que les deux éditions du Caire utilisées dans notre édition aient été faites d'après ce manuscrit; et le manuscrit qu'elles reproduisent resterait encore à trouver.

(2) Nous avions entretenu M. Luciani de ce curieux roman et de notre espoir d'en découvrir en Algérie quelque nouveau manuscrit. Peu de jours après, dans un lot de livres arabes que venait de lui prêter un indigène lettré d'Alger, Sî El-Hâdj Moûçâ, Oukîl de la mosquée Sîdî 'Abd er Rahmân, il remarqua un manuscrit dont quelques lignes, lues au hasard, ne lui parurent pas sans analogie avec le roman dont nous lui avions parlé. Mais le titre n'était pas celui du *Hayy ben Yaqdhân* et indiquait comme auteur Ibn Sînâ (Voir plus loin, p. 44, 2° et n. 2). Trop occupé pour procéder lui-même à un examen plus approfondi de cet opuscule, M. Luciani voulut bien nous le signaler aussitôt. Nous reconnûmes, dès la première ligne, une nouvelle copie du livre d'Ibn Thofaïl dont nous avions entrepris la traduction. Nous tenons à remercier M. Luciani pour cette découverte. Nous devons aussi des remerciements à Sî El-Hâdj Moûçâ, qui a mis fort obligeamment son manuscrit à notre entière disposition et s'est empressé de l'offrir, sur notre demande, une fois notre travail achevé, à la Bibliothèque Nationale d'Alger, où il se trouve catalogué sous le n° 2023 du fonds arabe. — Notons que ce manuscrit doit avoir passé autrefois sous les yeux de Berbrugger, l'ancien conservateur de la Bibliothèque Nationale d'Alger. Nous avons pu, récemment, nous convaincre qu'il l'avait eu entre les mains en 1844 ou 1845

Il ne nous reste donc d'Ibn Thofaïl qu'un seul ouvrage philosophique, le *Hayy ben Yaqdhân*.

Avait-il écrit en outre un traité de l'Ame, qui serait aujourd'hui perdu ? A l'appui de cette assertion, on ne peut citer qu'un seul texte : « J'ai vu, dit El-Marrâkochî, de cet Aboû Bekr [Ibn Thofaïl] des ouvrages sur diverses parties de la philosophie, la physique, la métaphysique, etc. Parmi ses *riçâla* physiques, il y en a une intitulée *Riçâla de Hayy ben Yaqdhân*, dont le but est d'exposer l'origine de l'espèce humaine suivant la secte des falâcifa. C'est une riçâla pleine d'agrément, et de grande utilité pour cette matière. Parmi ses ouvrages métaphysiques, il y a une riçâla sur l'Ame que j'ai vue écrite de sa main (Que Dieu lui fasse miséricorde !) » (1).

Les historiens de la philosophie qui ont utilisé les renseignements contenus dans ce texte les ont acceptés les yeux fermés. Quelle raison d'entrer en défiance ? Le témoin est un historien digne de foi (2). Il parle d'ouvrages qu'il a « vus » de ses yeux. Le traité de l'Ame, dont il nous

(voir à cette bibliothèque le registre d'entrées intitulé : *Catalogue des manuscrits de la Bibliothèque d'Alger* par ordre numérique et d'entrées, commencé en mars 1844, N° 84 A). Notre manuscrit provenait très vraisemblablement du fonds de livres arabes des mosquées de Constantine, dispersé lors de la prise de cette ville par les Français, comme l'indique la lettre C qui suit la mention de son titre (voir *Catalogue des manuscrits des Bibliothèques publiques de France*, Départements, Tome XVIII. Alger, par E. Fagnan, Introduction, p. II). Mais Berbrugger ne paraît avoir attaché aucune importance à ce prétendu ouvrage d'Ibn Sînâ, non plus que de Slane, qui le passe entièrement sous silence dans son *Rapport* à M. le Ministre de l'Instruction publique par le baron de Slane, chargé d'une mission scientifique en Algérie, suivi du Catalogue des manuscrits arabes les plus importants de la Bibliothèque d'Alger..., 31 juillet 1845. A part la courte mention du registre de Berbrugger, nous n'avons trouvé nulle part aucune trace de ce manuscrit : il avait, dès cette époque, entièrement disparu. — Pour la description de ce « manuscrit d'Alger », voir notre édition avec traduction. Introd , p. XIII, l. 8 à l. 17.

(1) El-Marrâkochî, texte arabe, p. ١٧٢, l. 7 et suiv. ; trad. franç., p. 207, l. 13 et suiv.

(2) Voir, par exemple, Renan, *Averr. et l'averr.*, p. 9, l. 8 à l. 12.

révèle l'existence, était de la main même de l'auteur. Quelle meilleure garantie contre la possibilité d'une fausse attribution? Il a connu Yahya, fils d'Ibn Thofaïl (1), qui n'eût pas manqué de le détromper. Bien plus, n'est-ce pas entre les mains de ce fils, détenteur naturel des papiers de son père, qu'il a dû voir le manuscrit autographe en question ? Comment douter d'un pareil témoignage ?

Au chapitre précédent, nous avons fait le plus grand cas des détails que nous fournit El-Marrâkochî sur l'entrevue d'Ibn Rochd et du khalife Aboû Ya'qoûb Yoûçof en présence d'Ibn Thofaïl, sur les relations d'Ibn Thofaïl avec son souverain, sur le mémorable entretien des deux philosophes. Mais il rapportait alors des faits d'ordre historique : il se trouvait dans son élément. Il en sort dès qu'il s'agit de philosophie proprement dite, et nous le prenons aussitôt en flagrant délit d'incompétence, de précipitation, d'inexactitude. Il range le *Hayy ben Yaqdhân* parmi les « traités physiques » et croit que le but de l'auteur est d'exposer dans ce traité « l'origine de l'espèce humaine suivant la secte des falâcifa ». Trois erreurs en moins d'une ligne. Seul, le premier tiers du traité se rapporte en partie à la physique. Il n'y est nulle part question de l'origine de *l'espèce humaine* : la naissance de Hayy ben Yaqdhân, sans père ni mère, du sein de l'argile en fermentation, est présentée comme un fait exceptionnel sinon unique ; ce n'est là, au surplus, qu'une fiction ingénieuse, destinée à préparer et à parfaire une autre fiction, celle d'un philosophe *autodidacte* dans toute la force du terme ; et l'auteur la prend si peu au sérieux, qu'avant même de l'exposer il nous donne le choix d'une autre version restituant au nouveau-né, comme à tous ses pareils, un père et une mère. Enfin, cette prétendue génération spontanée de l'espèce humaine n'est nullement, comme El-Marrâkochî paraît le croire, une doctrine courante dans la secte des

(1) Voir plus haut, p. 20, l. 9 et 10 et n. 2.

falâcifa. Nous ne retrouvons donc plus ici, chez notre historien, son exactitude coutumière (1). S'il parle du *Hayy ben Yaqdhân* autrement que par ouï-dire, on peut affirmer du moins qu'il n'en a pas poussé la lecture au-delà des premières pages, lecture hâtive et distraite, d'un historien proprement dit, pressé de retourner à ses études favorites. Lorsqu'aussitôt après il déclare avoir non pas lu mais simplement « vu » le manuscrit d'un traité de l'Ame d'Ibn Thofaïl, ne sommes-nous pas en droit de n'accepter cette assertion que sous bénéfice d'inventaire? Au reste, rien ne nous autorise à affirmer qu'il ait examiné le *Hayy ben Yaqdhân* de plus près que le prétendu traité de l'Ame. Il parle du premier en termes encore plus vagues que du second : « *J'ai vu* de cet Aboû Bekr des ouvrages... Parmi ses riçâla physiques, *il y en a une* intitulée *Riçâla de Hayy ben Yaqdhân*... » (2). Peut-être n'a-t-il *vu* rien de plus que la reliure des deux manuscrits, et parle-t-il du contenu sur la foi de la personne qui les lui montrait. Peut-être deux personnes lui ont-elles présenté séparément deux exemplaires différents du *Hayy ben Yaqdhân* : « Voici une copie de la *Riçâla de Hayy ben Yaqdhân* a pu dire la première. C'est un ouvrage à la fois agréable et utile, qui traite des principales questions de la physique, en particulier de la naissance possible d'un homme sans père ni mère ». — « Ceci est un manuscrit autographe d'Ibn Thofaïl, a pu dire la seconde (peut-être son fils Yahya), sans indiquer le titre. L'ouvrage traite de l'Ame (3), de ses

(1) Dans la phrase qui précède tout le passage en question, il avançait déjà une erreur, qui devait faire fortune : « Ibn Thofaïl, disait-il,... avait étudié sous divers maîtres de philosophie, *entre autres Aboû Bekr ben eç-Çâ'igh* » connu chez nous sous le nom d'Ibn Bâddja (cf. *supra*, p. 4, l. 16 à dern. l.).

(2) Voir plus haut, p. 38, l. 5 à l. 9.

(3) Pons Boigues, traducteur du *Hayy ben Yaqdhân* (voir plus loin, p. 47, 8e), n'a-t-il pas ajouté au titre de sa traduction espagnole : « El filósofo autodidacto », ce sous-titre : « Novela *psicológica* »? Renan a dit de même (*Averr. et l'averr.*, p. 99, l. 16) : « Son roman de *Hay Ibn Iokdhan*, sorte de Robinson *psychologique* ».

facultés, de ses rapports avec le corps, de sa purification morale, de son union, dans l'extase, avec l'Intellect divin, etc. » El-Marrâkochî aurait donc été victime de la même méprise dans laquelle est tombé Casiri en prenant pour un traité de l'Ame un manuscrit du *Hayy ben Yaqdhân*. Et cependant Casiri pouvait, à l'Escurial, compulser son manuscrit tout à loisir. Il pouvait même en comparer le texte avec le texte arabe du *Hayy ben Yaqdhân* édité par Pococke. Concluons qu'El-Marrâkochî a bien pu tomber, avant lui, dans une erreur identique, eût-il même lu rapidement, à quelque temps d'intervalle, dans deux exemplaires différents, deux parties différentes du *Hayy ben Yaqdhân* ; à plus forte raison s'il ne parle que par ouï-dire, comme nous inclinons à le penser.

Ainsi donc, il demeure possible qu'Ibn Thofaïl ait effectivement composé un traité de l'Ame. Mais on ne peut se fonder pour l'affirmer que sur l'unique texte d'El-Marrâkochî. L'isolement de ce témoignage, l'incompétence du témoin en philosophie, les erreurs manifestes dont le contexte est entaché, la méprise suggestive de Casiri sur le même point, voilà certes des raisons suffisantes pour mettre la critique en défiance. Tant que des témoignages confirmatifs n'auront pas été mis au jour, la question doit au moins demeurer pendante.

Le *Hayy ben Yaqdhân* est donc le seul ouvrage philosophique d'Ibn Thofaïl qui nous reste, et probablement aussi, le seul qu'il ait jamais écrit.

En quelle année l'auteur a-t-il composé son livre? Pour répondre à cette question, toute indication précise fait défaut. A peine existe-t-il un indice qui nous inclinerait à reporter après l'année 1169 la composition du *Hayy ben Yaqdhân*. Dans l'Introduction de son roman, Ibn Thofaïl, achevant l'historique rapide de l'évolution des sciences philosophiques au Maghreb, ajoute : « Quant à nos contemporains, ils sont encore en voie de développement, ou ils se sont arrêtés avant d'avoir atteint la perfection, ou bien nous n'avons pas encore connaissance de leur véritable valeur » (1). Peut-être faut-il voir, avec Renan (2), dans ces « contemporains qui sont encore en voie de développement », une allusion à Ibn Rochd, jeune encore, en possession déjà d'un assez grand renom pour que son protecteur et ami ne pût se dispenser de faire à sa célébrité naissante une discrète allusion, mais pas encore assez illustre pour que son nom pût, après ceux d'Ibn Sînâ et d'El-Ghazâlî, figurer de pair à côté du nom d'Ibn Bâddja. Si cette conjecture est exacte, la date de composition du *Hayy ben Yaqdhân* doit être, selon toute vraisemblance, postérieure à la double entrevue qui donna occasion à Ibn Rochd d'entreprendre ses Commentaires; car c'est seulement après cette présentation qu'il commença, nous a dit El-Marrâkochî, d'être connu et apprécié (3). Or, nous avons établi qu'on peut fixer au début de 1169, à quelques mois près, la date de cette entrevue (4).

La limite inférieure ainsi déterminée, il serait tentant de chercher à indiquer de même une limite supérieure suffisamment rapprochée. Mais cette dernière tentative nous paraît hasardeuse. Les documents nous manquent pour fixer avec quelque certitude une époque à laquelle la gloire d'Averroès serait devenue, dans l'Occident musulman, si éclatante (5), qu'il n'eût plus été possible à Ibn Thofaïl de ne citer aucun de ses ouvrages, de taire jusqu'à son nom, et de déclarer qu'aucun des contemporains n'est

(1) P. 10, l. 13 de la traduction française.
(2) *Averr. et l'averr.*, p. 17, l. 24.
(3) Voir plus haut, p. 9, l. 5.
(4) P. 12 à p. 17.
(5) Renan montre fort bien que si Averroès n'a pas exercé, dans l'Islâm, une grande influence philosophique sur les générations ultérieures, il n'en a pas moins joui d'une haute réputation, comme philosophe, parmi ses contemporains (Renan, *Averr. et l'averr.*, 1re partie, chap. IV : De la fortune d'Ibn Rochd chez ses coreligionnaires). — Voir ce qu'en dit en outre le docteur L. Leclerc dans son *Histoire de la médecine arabe*, II, p. 102, l. 4 à l. 8 du bas.

digne encore de prendre place dans l'histoire de la philosophie musulmane. Nous savons, à la vérité, que Maïmonide lut les ouvrages d'Averroès en Égypte, bien loin du Maghreb, dès 1190 (1). Nous savons aussi qu'en 1195 le khalife almohade combla Ibn Rochd des plus grands honneurs (2). Mais ces deux dates sont postérieures de cinq et de dix années à la mort d'Ibn Thofaïl (1185). Tout au plus la première permet-elle de supposer que le Commentateur était déjà célèbre comme philosophe, dans sa propre patrie, plusieurs années avant 1190, et déjà peut-être avant la mort de son protecteur. Nous trouverions là une raison, ou tout au moins une présomption, qui nous inclinerait à ne pas placer la composition de l'ouvrage d'Ibn Thofaïl dans les toutes dernières années de sa vie; mais ce serait un leurre de prétendre, sur ce point, à une plus grande précision. Ce qui nous a paru moins incertain, c'est que le *Hayy ben Yaqdhân* doit être postérieur à l'année 1169.

Il nous reste à parler des manuscrits, des éditions, des traductions, des commentaires, des imitations de cet unique ouvrage philosophique d'Ibn Thofaïl, et des études plus ou moins étendues qui lui ont été consacrées.

Pour établir que le *Hayy ben Yaqdhân* est le seul livre d'Ibn Thofaïl qui subsiste, nous avons dû déjà passer en revue tous les manuscrits de cet auteur actuellement connus. On a vu qu'ils se réduisent à six copies de son célèbre roman philosophique :

1° Le manuscrit de la Bibliothèque Bodleyenne d'Oxford, édité par Pococke, et daté de 703 (= 1303) (3);

(1) Munk, *Notice sur Joseph ben Iehouda...*, disciple de Maïmonide, dans le *Journ. Asiat.*, série 3, t. XIV (1842), p. 31, l. 10 à dern. l.; cf. *ibid.*, p. 22, l. 5 à l. 7. — Renan, *Averr. et l'averr.*, p. 39, l. 9 et 10.

(2) Renan, *Averr. et l'averr.*, texte arabe d'Ibn Abi 'Oçaïbiya cité en appendice, p. 450, l. 4 du bas, à p. 451, l. 10.. — Cf. Renan, *ibid.*, p. 19, l. 17 à av.-dern. l., Munk, *Mél. de philos. juive et ar.*, p. 425, l. 3 à l. 6.

(3) Voir la fin du mss. dans Pococke, *Philosophus autodidactus* (voir plus loin, p. 44, 1re, le titre complet), Praefatio (non paginée), vers la fin.

2° Le manuscrit d'Alger, daté de 1180 (= 1766) (1), mais copié probablement sur un manuscrit très ancien ; actuellement à la Bibliothèque Nationale de cette ville (2) ;

3° Celui du British Museum, à Londres. Nous n'avons sur cet exemplaire aucun renseignement précis (3) ;

4° Celui de la Bibliothèque Khédiviale du Caire, faussement attribué à Ibn Sab'în (4) par le catalogue arabe de cette bibliothèque, sous un titre (5) qui est le sous-titre du *Hayy ben Yaqdhân* et qui signifie : *Secrets de la Philosophie illuminative* (6) ;

5° Un manuscrit qui doit exister en Orient et d'après lequel ont été publiées les éditions orientales. Il est douteux que ce manuscrit se confonde avec le précédent (7).

Ces cinq manuscrits sont complets ;

6° Le manuscrit de l'Escurial, mutilé, gâté par l'humidité, à peu près inutilisable, et qu'on avait pris pour un traité de l'Ame d'Ibn Thofaïl.

Voici maintenant la liste des éditions par ordre chronologique :

1re (avec traduction latine) *Philosophus autodidactus, sive Epistola Abi Jaafar* (sic) *ebn Tophaïl de Hai ebn Yokdhan, in qua ostenditur, quomodo ex Inferiorum contemplatione ad Superiorum notitiam Ratio humana ascendere possit.* Ex Arabicâ in Linguam Latinam versa ab Edvardo Pocockio, Oxonii, A. D. 1671, in-4°, 200 pp., plus une préface non paginée, etc.

2e La seconde édition du livre de Pococke (Oxonii A. D. 1700) diffère uniquement de la première par cette men-

(1) Voir L. Gauthier, *Hayy ben Yaqdhân*, p. 119, la fin du manuscrit.
(2) Pour la description de ce manuscrit et l'appréciation de sa valeur, voir L. Gauthier, *ibid.*, pp. XIII et XIV.
(3) Voir *ibid.*, le Nota de la p. 121.
(4) Voir plus haut, p. 36, n. 3.
(5) Voir plus haut, p. 36, l. 9 et 10.
(6) Voir plus loin, p. 59, n. 1.
(7) Voir plus haut, p. 37, n. 1.

tion : *Editio secunda priori emendatior*. Ce n'est qu'un second tirage, sans aucun changement dans la pagination, avec les mêmes fautes dans la traduction et dans le texte, et la même table d'errata.

Ce texte imprimé offre un avantage précieux : il reproduit fidèlement le manuscrit d'Oxford, y compris les fautes, qu'il rectifie généralement dans la marge, mais non pas toujours.

3e à 8e Six éditions orientales faites sur le manuscrit n° 5, en 1299 (= 1182), dont quatre parues en Égypte : en particulier, au Caire, celle de l'Imprimerie d'Idârat el-Ouathan (en 60 pages), et celle de Ouâdî 'n-Nîl (en 41 pages), moins bien imprimée que la précédente, moins correcte aussi ; et deux autres, publiées à Constantinople (1). Tout porte à croire que ces éditions multiples sont de simples réimpressions et diffèrent extrêmement peu des deux premières éditions orientales, identiques à quelques fautes près. On sait que la contrefaçon, en pays d'Orient, est l'âme de l'imprimerie.

Ce grand nombre d'éditions indigènes, parues en une même année, montre du moins quel accueil favorable reçut des lecteurs orientaux la publication dans le texte arabe, par des imprimeurs musulmans, du roman philosophique d'Ibn Thofaïl. Nous savons de bonne source qu'à Alger même, il s'en écoule régulièrement, parmi nos Arabes lettrés, un petit nombre d'exemplaires.

9e (avec traduction française) *Hayy ben Yaqdhân, roman philosophique d'Ibn Thofaïl*, publié d'après un nouveau manuscrit (2), avec les variantes des anciens textes, et Traduction française, par Léon Gauthier ...Alger, 1900. xvi + 122 + ١٢٣ pages.

(1) A vrai dire, sur les quatre éditions du Caire, je ne puis garantir l'existence que de celles d'Idârat el-Ouathan et de Ouâdî 'n-Nîl : je ne parle des deux autres que sur des renseignements indirects. Même observation pour l'une des deux éditions de Constantinople.

(2) Il s'agit du mss. n° 2 (Mss. d'Alger).

Les traductions sont nombreuses : le *Hayy ben Yaqdhân* a paru digne d'être traduit dans presque toutes les langues de l'Europe, sans parler de l'hébreu et du persan. En voici la liste complète :

1re La traduction latine d'E. Pococke, jointe à son édition du texte arabe; généralement exacte, mais d'une fidélité poussée jusqu'à la servilité : si bien que, dans les passages difficiles, on ne peut guère comprendre le latin sans recourir à l'arabe. On imagine quelle peut être la latinité d'une transcription aussi littérale (1).

2e et 3e A peine publiée, cette version latine fut mise à la portée du gros public, dans le pays du traducteur, par deux traductions en anglais, l'une d'Ashwell (2), l'autre du quaker Georges Keith, qui la destinait à l'édification de ses compagnons de secte, férus, comme on sait, de mysticisme (3).

4e Simon Ockley, professeur de langue arabe à Cambridge, voulut faire mieux. Sous le titre suivant : *The improvement of human reason exhibited in the life of Hai ebn Yokdhan,* written by Abu Jaafar ebn Tophaïl. London, 1708, in-8o, il publia une nouvelle traduction anglaise faite directement sur l'original arabe. Il prétendait remédier ainsi aux imperfections des versions à deux degrés d'Ashwell et de Keith. Il n'y réussit qu'en partie : sa traduction est très médiocre. Il en a paru une seconde édition en 1731.

5e L'année même qui suivit sa publication, la version latine de Pococke fut traduite en hollandais. Cette traduction hollandaise eut deux éditions sous ce titre :

(1) Au sujet du latin de Pococke et de ses défaillances comme traducteur, voir L. Gauthier, *Hayy ben Yaqdhân*, p. IX, l. 17, à p. XII, l. 2.

(2) Voir J. Brucker, *Historia critica philosophiae*, a mundi incunabulis ad nostram usque aetatem deducta, cum appendice accessionum et supplementorum. 6 vol. Lipsiae, 1766-67, 2e édit., t. III, p 96.

(3) *Ibid.*, même page. Brucker ajoute en note : Vide *Biblioth. univ.*, t. III, p. 77.

Het Leeven van Hai Ebn Yokdhan, in het Arabisch beschreeven door Abu Jaaphar Ebn Tophail, en uit de Latynsche Overzettinge van Eduard Pocock A. M. in het Nederduitsch vertaald [la seconde édition ajoute : « door S. D. B. »; le traducteur ne nous est connu que par ces initiales] waarin getoond wordt, hoe iemand buiten eenige ommegang met Menschen, ofte onderwyzinge kan komen tot de kennisse van sich zelven, en van God. — t'Amsterdam, 1672.

La seconde édition, de 1701, contient, de plus que la première, quelques gravures médiocres, un index des noms propres et des termes philosophiques ou autres.

6° Un quart de siècle plus tard paraissait une première traduction allemande, faite sur le latin de Pococke (1) par J. Georg Pritius et publiée sous ce titre : *Der von sich selbst gelehrte Weltweise*. Franckfurt, 1726.

7° Une traduction allemande de J. G. Eichhorn qui porte ce titre : *Der Naturmensch, oder Geschichte des Hai Ebn Joktan*. Berlin, 1783, petit in-8°. Cette version, moins servilement littérale que celle de Pococke, est généralement assez fidèle, bien qu'elle n'échappe pas non plus à toute critique (2).

8° En Espagne, il a paru, en même temps que notre édition avec traduction française, une traduction en langue castillane, œuvre posthume de M. Pons Boigues. Elle fait partie de la *Collectión de Estudios Arabes* (N° V), et a pour titre : *El filósofo autodidacto de Abentofail*, novela psicológica traducida directamente del árabe por D. Francisco Pons Boigues, con un prólogo de Menendez y Pelayo. Zaragoza, 1900. Elle est suivie d'une traduction, en castillan, par le même, de l'Allégorie mystique d'Avicenne intitulée

(1) Eichhorn dit dans sa préface, p. 20 (voir 7° traduction) que la version de Pritius a été faite sur la traduction anglaise de S. Ockley.

(2) Voir L. Gauthier, *Hayy ben Yaqdhân*, p. IX, av.-dern. l., à p. XII, l. 2.

Hayy ben Yaqdhân (1). Cette traduction, généralement exacte, marque un progrès sur les précédentes.

9e Enfin la traduction française jointe à notre édition du texte arabe (édition no 9).

Antérieurement à toutes ces versions européennes, Moïse de Narbonne (2) avait écrit, en hébreu, l'an 1349 de notre ère, une traduction du *Hayy ben Yaqdhân* d'Ibn Thofaïl, accompagnée d'un commentaire (3) que Munk qualifie de très savant (4). « Ce travail, très utile, nous dit Munk, pour l'intelligence du texte d'Ibn Tofaïl, nous fournit en même temps des renseignements très précieux sur les doctrines de divers philosophes arabes (5). »

D'un examen malheureusement incomplet et superficiel de ce commentaire (6), il me semble résulter que s'il fournit en effet certains renseignements historiques, mis à profit par Munk, on ne doit pas en attendre de bien vives lumières en ce qui concerne soit la vie et les œuvres d'Ibn Thofaïl, soit le texte et la doctrine de son *Hayy ben*

(1) Voir plus loin, pp. 69 à 71.

(2) Sur Moïse ben Josué de Narbonne, voir Munk, *Mél. de philos. juive et ar.*, pp. 502 à 506.

(3) La Bibliothèque Nationale en possède quatre exemplaires manuscrits, sous les nos 913, 914, 915, 916. Seuls les manuscrits 913 et 916 sont complets. Il y a une lacune d'un feuillet dans le 915. Le commencement et la fin du 114 manquent. — Le titre hébreu Yehi'el ben 'Ouriel « Le vivant fils du Vigilant » traduit exactement le titre arabe *Hayy ben Yaqdhân*. — Si nous en croyons Wolf (*Bibl. Hebr.*, P. I, p. 14 sqq.), cité par Brucker (vol. VII, p. 96), d'autres auteurs juifs, suivant l'exemple de Moïse de Narbonne, auraient consacré des travaux au *Hayy ben Yaqdhân* d'Ibn Thofaïl.

(4) Munk, *Mél. de philos. juive et ar.*, p. 47, l. 24.

(5) *Ibid.*, p. 504, n. 1.

(6) Ne sachant pas assez d'hébreu pour me hasarder à utiliser seul le commentaire de Moïse de Narbonne, j'ai tenu cependant à prendre, autrement que par le témoignage de Munk, une idée de sa valeur. Un de mes élèves, M. Bécache, a bien voulu mettre à ma disposition sa connaissance de l'hébreu rabbinique; nous en avons traduit ensemble quelques pages. Des circonstances indépendantes de notre volonté nous ont ensuite obligés d'ajourner *sine die*, mais non point peut-être à jamais, l'achèvement de cette étude.

Yaqdhân. Munk a été frappé d'y trouver certains documents ou renseignements inédits, comme la longue analyse du *Régime du solitaire* d'Ibn Bâddja, livre aujourd'hui perdu : de là l'éloge qu'il lui décerne. Mais cet ancien commentateur d'Ibn Thofaïl est moins renseigné que nous sur l'auteur et sur ses œuvres : notons qu'il vivait en France, près de deux siècles après Ibn Thofaïl. Munk a lui-même signalé « le style concis et souvent obscur de Moïse de Narbonne » (1). Si le savant hébraïsant avait eu le loisir de confronter la traduction hébraïque avec le texte arabe, et d'examiner de près les explications du commentateur, il se serait vite aperçu, en outre, qu'à bien des égards cette traduction, et par suite le commentaire qui la développe, laissent grandement à désirer; que Moïse manque d'esprit critique et ne comprend pas toujours la doctrine qu'il s'est donné mission d'expliquer. Je n'en veux pour preuve, sans aller chercher loin, que son commentaire du début même de l'Introduction. Voici l'idée générale de ce premier développement d'Ibn Thofaïl : Ceux qui parviennent à l'extase sans une suffisante préparation spéculative, c'est-à-dire scientifique et philosophique, s'imaginent ensuite que, pendant ce court moment, ils se sont *identifiés* à Dieu, qu'ils n'ont fait qu'*un* avec Dieu. Ils tombent ainsi dans le panthéisme, faute de savoir, comme l'auteur l'expliquera plus loin (2), que les substances *séparées* [de toute matière, c'est-à-dire immatérielles] ne peuvent être dites ni *une* ni *plusieurs*. L'une des formules que cite ici Ibn Thofaïl, et par lesquelles certains de ces enthousiastes dépourvus de culture intellectuelle (il s'agit d'El-Hallâdj (3), bien qu'il ne soit pas

(1) Munk, *ibid.*, p. 506, l. 8.

(2) *Hayy ben Yaqdhân*, trad. fr., p. 93, l. 7 du bas, à p. 95, l. 4 du bas.

(3) Supplicié à Baghdâd, pour crime d'hétérodoxie, en 309 (= 921). — Sur El-Hallâdj (Aboû Mançoûr El-Hoçaïn), voir une notice dans un article de ZDMG, t. LII (1898), par Martin Schreiner, intitulé : *Beiträge zur Geschichte der theologischen Bewegungen im Islam*, pp. 468 à 471 (avec références p. 468, n. 1). Voir aussi : Kremer, *Geschichte der herrschenden*

nommé) ont exprimé cette dangereuse illusion, est la suivante : ليس في الثوب الا الله « Il n'y a sous ce (c'est-à-dire sous *mon*) vêtement rien autre que Dieu (1) ! » Or Moïse, juif français, dont l'arabe n'est plus, comme il l'était pour ses ancêtres, avant leur expulsion d'Andalousie, la langue maternelle, confond ici ثوب *tsaoub*, vêtement, avec ثواب *tsaouâb*, récompense (2). Il traduit en conséquence, fermant d'ailleurs les yeux sur l'impossibilité d'un pareil mot à mot : « La récompense ne vient que de Dieu ». Puis, commentant ce contre-sens, il croit expliquer le passage en rapprochant cette phrase de la formule ancienne bien connue : « La vertu est à elle-même sa récompense ». D'El-Hallâdj, naturellement, pas un mot, non plus que du panthéisme. Au total, il n'a rien compris à tout ce développement d'importance capitale. Le sens des détails, aussi bien que l'enchaînement des idées, lui échappe entièrement. Nous pourrions citer, dans ce commentaire, d'autres exemples du même genre.

Le *Hayy ben Yaqdhân* d'Ibn Thofaïl, si nous en croyons Hammer-Purgstall (3), a été traduit en persan par Fadhl-

Ideen des Islâms. Leipzig, 1868, pp. 70 et suivantes; Tholuck, *Ssufismus*, sive Theologia Persarum pantheistica... Berolini, 1821, pp. 68 et 69; Tholuck, *Bluthensammlung aus der Morgenländischen Mystik*. Berlin, 1825, pp. 310 à 327, notice sur El-Hallâdj d'après le *Tadhkirat el-'aouliâ'* de Farîd ed-dîn 'Atthâr; Dozy, *Essai sur l'histoire de l'Islamisme*. Leyden, 1879, pp. 324 et suivantes; Dugat, *Histoire des philosophes et des théologiens musulmans (de 632 à 1258 de J.-C.)*. Paris, 1878, pp. 134 à 140; R. D. Osborn, *Islam under the khalifs of Baghdad*. London, 1878, pp. 107 à 111.

(1) *Hayy ben Yaqdhân*, p. ع, l. 12 (trad. franç., p. 2, l. 15 et 16).

(2) On peut également supposer que cette fausse leçon existait déjà dans le manuscrit qu'il avait sous les yeux. Mais le contexte est tellement significatif, que pour n'avoir pas immédiatement rétabli la vraie leçon, il faut que Moïse de Narbonne n'ait pas été très familier avec la langue arabe; il faut, en tout cas, qu'il ait complètement ignoré l'histoire bien connue d'El-Hallâdj, qui fait époque dans le développement du çoûfisme oriental.

(3) Hammer-Purgstall, *Literaturgesch. d. Araber*, 7e vol., p. 442, l. 11 à l. 14, sous l'article Ibn Thofeil.

Allah ben Djihân el-Haïdjî, d'Ispahan, sous le titre de *Bedî'i 'z-zemân* (*La merveille du temps*). Cet écrivain persan se confondrait-il avec un certain Fadhl Khendjî que Hâdjî Khalfa et après lui Schmölders donnent pour le véritable auteur du roman de *Hayy ben Yaqdhân*? Ibn Thofaïl se serait ensuite borné à le traduire du persan en arabe (1)!

Le célèbre écrivain persan Djâmi' (2), poète et philosophe mystique, est aussi l'auteur d'un roman allégorique, en vers persans, intitulé *Salâmân ou Absâl* (3). Ce poème est-il une imitation du *Hayy ben Yaqdhân* d'Ibn Thofaïl? Ne s'inspire-t-il pas plutôt de l'allégorie mystique de *Salâmân et Absâl* par Ibn Sînâ? L'identité du titre, l'absence du nom de Hayy ben Yaqdhân, la forme Absâl (et non Açâl comme chez Ibn Thofaïl) témoignent en faveur de la seconde hypothèse.

Vers le milieu du XVIIe siècle parut, en langue castillane, un roman allégorique du célèbre jésuite aragonais Baltasar Gracián, intitulé *El Criticón* (4), qui, un demi-siècle plus tard, fut traduit en français (5). Toute la première partie de

(1) Auguste Schmölders, *Essai sur les écoles philosophiques chez les Arabes*, et notamment sur la doctrine d'Algazzali. Paris, 1842, p. 107, l. 27 « ...Fadhl Khenjì, auteur du célèbre roman *Hay ibn Yakzân* que Tofaïl a traduit du persan en arabe (En note : Hajì Khal. N°s 1764 et 5356) ». — Voir plus loin, p. 69, l. 11 à l. 15.

(2) 1414-1492. Il a également écrit des traités en arabe.

(3) *Salâmân U Absâl*, an allegorical romance; being one of the seven poems entitled the Haft Aurang of Mulla Jāmī, now first edited from the collation of eight manuscripts in the Library of the India House, and in private collections, with various readings, by Forbes Falconer. London, 1850, 92 pp. — La Bibliothèque du British Museum possède (Pars II. Continuatio, p. 203, n° CCCCXXIII-VI) une histoire manuscrite de Salâmân et Absâl, en vers persans (fol. 78 vers.), sans nom d'auteur.

(4) 1650-53. — « Gracian, nous dit son traducteur [Préface, 3e page, l. 1 (voir la note suivante)], étoit un Jésuite Espagnol... Il s'appelloit Baltazar, mais croyant que certains Livres qu'il composoit n'étoient pas assez graves pour un homme de sa profession, il les faisoit paroître sous le Nom d'un de ses Freres qui s'appelloit Laurent. »

(5) *L'homme détrompé ou Le Criticon*, de Baltazar Gracian, traduit de l'Espagnol en François suivant la copie de Paris. A Bruxelles, chez François Serstevens, 1697. Le nom du traducteur, Maunory, ne figure que

ce roman (1) est une imitation manifeste du *Hayy ben Yaqdhân*. Le sage Critile (2), tombé d'un navire en vue de l'île de Sainte-Hélène, alors déserte, réussit à y aborder. Un jeune homme, qui se trouve sur le rivage, l'aide à y prendre pied. Mais il ne répond à aucune des questions de Critile : il ne connaît aucun langage. Il paraît cependant bien doué. Critile lui apprend à parler et lui donne le nom d'Andrenio, « qui veut dire humain », parce qu'il « n'avait presque d'homme que l'humanité » (3). Andrenio lui raconte alors qu'il ne se connaît point de parents. Aussi loin que remontent ses souvenirs, il se voit allaité par une bête sauvage, dans une caverne de cette île inhabitée. Il raconte à Critile ses émerveillements en présence des splendeurs du ciel étoilé et des merveilles de la nature, lorsqu'un tremblement de terre ayant entr'ouvert la caverne, il avait pu enfin contempler le spectacle de l'univers. L'harmonie universelle l'avait élevé à la notion de Dieu (4), etc. Puis, les deux amis viennent en Europe sur un navire, et alors commence pour eux une série d'aventures lourdement allégoriques. Dans la plupart des traits qui précèdent, et dans d'autres encore que nous passons sous silence, on reconnaît une imitation indéniable du *Hayy ben Yaqdhân* (5). Inutile d'ajouter que, malgré un fond de péripatétisme qui lui est commun avec Ibn Thofaïl (6), l'objet essentiel de Gracián, ses préoccupa-

dans la signature de l'Épître dédicatoire. Il a rendu, dit-il, par *L'homme détrompé* le véritable titre *El Criticón*, parce que « le seul motif de Gracian dans cet ouvrage c'est de détromper les hommes des vains attachemens du monde et des passions » (Préface, 2e page, l. 6).

(1) Les quatre premiers chapitres.

(2) Ainsi nommé parce qu'il « estoit naturellement judicieux et prudent, et c'est là ce que signifie le nom de Critile » (p. 8, l. 16).

(3) P. 8, l. 18 à l. 20.

(4) P. 16, l. 8; p. 23, l. 19; p. 41, l. 21; p. 42 au bas.

(5) A défaut du roman lui-même, voir plus loin, pp. 59 à 63, un court résumé du *Hayy ben Yaqdhân*, et Appendice I une analyse plus détaillée.

(6) Rien n'atteste chez Baltasar Gracián une influence quelconque de

tions doctrinales, sont tout autres. Il ne fait œuvre ni de savant, ni de métaphysicien, ni de mystique, mais seulement de moraliste. La pensée dominante de son livre paraît être l'opposition de l'état de nature et de l'état social : n'était l'anachronisme, on le croirait écrit sous l'influence des idées de J.-J. Rousseau (1).

Chose singulière, toute cette première partie du *Criticón* était imprimée avant 1650 (2), et le *Philosophus autodidactus* de Pococke, à la fois première traduction et première édition du texte arabe lui-même, n'a paru qu'en 1671. On se demande donc par quelle voie inconnue le P. Gracián a pu prendre connaissance du roman d'Ibn Thofaïl. Mais attribuer au hasard une pareille rencontre, dans l'ensemble et dans le détail, entre deux écrivains vivant sur le même sol, à cinq siècles de distance, et séparés par de telles différences de race, de religion, de civilisation, ce serait une hypothèse paresseuse, que nous répugnerions à admettre (3). La question est posée : rien ne dit que la dé-

Galilée ou de Descartes. Il s'en tient à la physique et à l'astronomie d'Aristote. On trouve chez lui, sommairement indiquées, la théorie des quatre éléments et des *mixtes* qui en sont formés (p. 35, l. 21; p. 36, l. 12), la conception de la position centrale de la Terre, fondement stable et pivot de l'univers (p. 42, l. 2).

(1) « Tout ce que le divin Artisan a formé est parfait, dit par exemple Critile à Andrenio, mais tout ce que les hommes y ont voulu ajouter est vicieux; Dieu a tout créé avec un ordre admirable, mais l'homme a tout confondu. Tu n'as vù jusqu'à present que les ouvrages de la Nature, que tu as adoré avec raison, tu verras dorénavant ceux des hommes... et tu en verras la difference; ò que tu en trouveras entre le monde civil et le monde naturel! entre les ouvrages des hommes et ceux de Dieu! » (p. 8, av.-dern. l.).

(2) Voir le *Prologue* de M. Menendez y Pelayo à la traduction de Pons Boigues (cf. *suprà*, p. 47, 8e), p. LII, l. 10.

(3) Ainsi pense M. Menendez (voir *ibid.*, p. XLVI, au bas) : « Pero no puede decirse que su patria olvidara completamente á Abentofáil, y si admitimos que le olvidó, habra que suponer que en el siglo XVII volvio a inventarle ó á adivinar su libro : cosa que rayaría en lo maravilloso, y que para mí á lo menos no tiene explicación plausible ». M. Menendez parle alors du Criticón et ajoute : « se advertira una semejanza tan grande con el cuento de Hay que á duras penas puede creerse que sea mera

couverte de nouveaux documents ne permettra pas, un jour, de la résoudre.

Daniel de Foë avait-il connaissance du *Philosophus autodidactus* lorsqu'en 1719 il écrivit son Robinson Crusoé ? C'est un point de fait que je ne suis pas, non plus, en mesure de décider. Mais les analogies du Robinson avec le *Hayy ben Yaqdhân* sont beaucoup moins nombreuses et bien moins significatives que celles du *Criticón*. Notons que la tendance doctrinale du roman anglais est identique à celle du roman espagnol, mais plus nette encore et plus accentuée. Devenu mauvais dans la société des hommes, c'est dans le sein de la nature que le héros de de Foë retrouve la pureté native. Le point de vue de l'écrivain arabe est notablement différent, bien qu'il ne laisse pas de présenter avec celui de ses deux successeurs une vague analogie : la solitude est la condition de l'extase mystique, c'est-à-dire de la perfection et de la félicité absolue, du souverain bien de l'homme ; la vie sociale représente un état moins élevé de la nature humaine.

En somme, autant l'hypothèse d'une rencontre fortuite avec Ibn Thofaïl est peu admissible quand il s'agit de Gracián, autant elle est vraisemblable en ce qui concerne de Foë.

Le *Hayy ben Yaqdhân* reçut en Europe un accueil favorable, non seulement du grand public, comme en fait foi le nombre des traductions en diverses langues, mais aussi des érudits et des philosophes. Leibniz, dont le système

coincidencia ». — Comme le fait remarquer M. Miguel Asín dans un article de la *Revista de Aragón* (janv. 1901, p. 27, n. 1) dont nous parlons plus loin (p. 57, n. 4), l'imitation du *Hayy ben Yaqdhân* par Baltasar Gracian a été soupçonnée dès le XVIIIe siècle par le P. jésuite Bartolomé Pou, qui rendant compte de la traduction de Pococke, écrivait : « Quem librum latinum fecit Pocockius eo titulo *Philosophus autodidactus*. Cujus exemplo mihi Gratianus e Societate Jesu expressisse videtur Andrenium illum suum in eo libro, cui Critici nomen imposuit » (Bartholomei Povii e S. J. in Seminario Bilbilitano philosophiae professoris, *Institutionum Historiae philosophiae Libri XII*. — Edit. Bilbili, 1763, p. 199).

est étroitement apparenté à celui des falâcifa, comme le système de Descartes l'est à celui d'El-Ghazâlî et des Motekallemîn, fait un grand éloge du *Philosophe autodidacte*, qu'il connaît par la version latine de Pococke (1).

Néanmoins, telles sont les difficultés que présente l'étude approfondie des philosophes musulmans, que les quelques travaux publiés jusqu'ici sur Ibn Thofaïl et son célèbre ouvrage n'ont jamais excédé les proportions d'un article de dictionnaire ou de revue. Parmi ces travaux, les seuls qui méritent d'être cités sont, par ordre chronologique (2) :

Brucker, *Historia critica philosophiae*, 1742-67 (3), t. III, § XXIII sur Ibn Thofaïl (pp. 95 et 96). — Plus loin, dans le même volume, l'auteur, voulant donner à ses lecteurs une idée de la physique et de la métaphysique des philosophes arabes, déclare ne pouvoir mieux faire que de prendre pour guide Ibn Thofaïl. Il trace donc, d'après les traductions de Pococke, d'Ockley et de Pritius, mais surtout d'après la première, une très longue analyse du *Philosophus Autodidactus*, accompagnant parfois ce résumé de réflexions les unes justes, les autres moins judicieuses (t. III, pp. 172 à 198).

Hammer-Purgstall, dans sa *Literaturgeschichte der Araber*, consacre à Ibn Thofaïl (vol. VII, n° 7976, pp. 442 à 444) une notice qui n'est pas exempte d'erreurs. Il fait d'Ibn Thofaïl le médecin d''Abd-el-Mou'men, fondateur de la dynastie almohade. Sur la foi de Léon l'Africain (4), il place sa mort en 571 (= 1175) au lieu de 581 (= 1185). Il

(1) *Leibnitii Opera omnia*, ed. Dutens. Genève, 1768, 6 vol., t. II p. 245, av.-dern. l.

(2) Nous ne mentionnons dans cette liste ni les Introductions des traductions citées plus haut, ni les très courtes notices, de quelques lignes à peine; ces dernières sont généralement très mauvaises, remplies de fautes et d'erreurs, même les plus récentes.

(3) Voir plus haut le titre complet, p. 46, n. 2.

(4) Nous avons évité d'avancer aucun fait, aucune date, sur la foi de Léon l'Africain. Sur le peu de confiance que méritent ses renseignements historiques, voir par exemple Renan, *ibid.*, p. 9, l. 17; p. 25, dern. l.; p. 40 au bas; Leclerc, *Hist. de la méd. arabe*, II, p. 114, l. 24.

prend, lui aussi, pour un ouvrage distinct, le manuscrit de l'Escurial (1).

L'histoire des médecins arabes de Wüstenfeld consacre une notice, naturellement très courte, à Ibn Thofaïl médecin (2).

Article Thofaïl (Ibn), par S. Munk, dans le *Dictionnaire des sciences philosophiques* de Franck (la première édition est de 1843-1852, 6 vol.). Cet article, reproduit dans les *Mélanges de philosophie juive et arabe*, du même auteur, Paris, 1859 (pp. 410 à 418), est à peu près exempt d'erreurs, mais un peu trop sommaire : il se réduit presque entièrement à une analyse du *Hayy ben Yaqdhân*.

Un long article publié par M. Adalbert Merx dans la *Protestantische Kirchenzeitung für das evangelische Deutschland*, sous le titre suivant : *Eine mittelalterliche Kritik der Offenbarung* (22 et 29 juillet, 5 et 12 août 1885, colonnes 667 à 673, 688 à 695, 708 à 714, 730 à 737). Malgré son caractère théologique, ou peut-être à cause de ce caractère même (3), ce travail, généralement assez exact, est celui qui met le mieux dans son véritable jour l'ouvrage de notre philosophe musulman.

M. T. J. de Boer a publié dans une revue hollandaise, en 1898, une courte étude sur le *Hayy ben Yaqdhân* d'Ibn Thofaïl (4).

L'excellente petite histoire de la philosophie musulmane de M. T. J. de Boer, en allemand, contient un article de quelques pages (pp. 160 à 165) sur Ibn Thofaïl.

Dans son *Histoire de la Médecine arabe*, publiée en 1876, le Dr Lucien Leclerc consacre à Ibn Thofaïl médecin un

(1) Voir plus haut, p. 33, n. 2.

(2) F. Wüstenfeld, *Geschichte der arabischen Aerzte und Naturforscher*. Goettingen, 1840, p. 64.

(3) Voir plus loin, p. 66, n. 3, à la fin.

(4) *Tellanaandelijket Tijdebrift*, mai 1898. L'article, en hollandais, est intitulé : *Hai ibn Iakzaan* ibn Thofail navertald door T. J. de Boer (25 pages). Nous n'avons pu nous le procurer.

article d'une page et demie (1). On y peut relever deux ou trois erreurs, d'ailleurs excusables dans un gros ouvrage, où l'auteur a dû passer en revue et utiliser les documents relatifs à un nombre énorme de médecins musulmans. Trompé, peut-être, par la mention d'un poème sur la prise de Gafça, il dit qu'Ibn Thofaïl « excella... dans l'histoire », et il ajoute « dans la grammaire et l'éloquence » (2). C'est par une méprise du même genre qu'il écrit : « Nous apprenons encore par Averroès qu'Ebn Thofaïl avait commenté les météores d'Aristote » (3).

Citons enfin deux articles de revues en espagnol, publiés en 1901 par deux savants arabisants de Madrid, M. Codera et M. Asín, à l'occasion de notre édition avec traduction française (4) : ces articles fournissent d'utiles renseignements sur certains points de détail historiques, biographiques, etc., ou sur le sens de certains termes techniques employés par Ibn Thofaïl.

(1) *Histoire de la Médecine arabe*, par le Dr Lucien Leclerc, Exposé complet des traductions du grec. Les sciences en Orient, leur transmission à l'Occident par les traductions latines. Paris, 1876, 2 vol., vol. II, pp. 113 et 114.

(2) *Ibid.*, II, p. 113, l. 17.

(3) *Ibid.*, II, p. 114, l. 10. L'auteur, sans doute, a mal interprété le passage suivant de Munk (*Mél. de philos. juive et ar.*, p. 412, l. 4) : « Ibn Rochd lui-même, dans son commentaire moyen sur le Traité des Météores (livre II), en parlant des zones de la terre et des lieux habitables et inhabitables, cite un traité que son ami Ibn Tofaïl avait composé sur cette matière ». Voir plus haut, p. 26, n. 2.

(4) *El filósofo autodidacto de Abentofaïl*, par M. Francisco Codera, dans le *Boletin* de la Real Academia de la Historia, t. XXVIII, janv. 1901, pp. 4 à 8. — *El filósofo autodidacto*, par M. Miguel Asín, dans la *Revista de Aragón*, janv., fév., et mars 1901 (pp. 25 à 27, 57 à 60, 89 à 91). — L'article de M. Codera rend compte en même temps de la traduction de M. Pons Boigues.

TROISIÈME PARTIE

LE ROMAN PHILOSOPHIQUE D'IBN THOFAÏL

Objet, sources, genèse du livre, originalité de l'auteur.

Pour comprendre l'objet du roman d'Ibn Thofaïl, en étudier les sources, en retrouver, s'il se peut, la genèse, en apprécier l'originalité, il est indispensable de commencer par en indiquer, très brièvement, l'argument général.

L'ouvrage est une *riçâla*, un *petit traité sous forme de lettre*. Dans une introduction de quinze pages environ, l'auteur s'adresse à un correspondant, probablement imaginaire, qui lui aurait demandé « de lui révéler ce qu'il pourrait des secrets de la *Philosophie illuminative* (1),

(1) On a généralement, jusqu'ici, traduit cette expression arabe الحكمة المشرقية par « la philosophie (ou la Sagesse) *orientale* », en vocalisant « el-hikma 'l-*machriqiyya* », par exemple Pococke (*Philosophus autodidactus*, au début de la traduction latine), Munk (*Mél. de philos. juive et ar.*, p. 330, n. 2; p. 413, l. 6) et Renan (*Averr. et l'averr.*, p. 90, l. 15 et n. 2). D'autres, cependant, vocalisent « el-hikma 'l-*mochriqiyya* » et traduisent « la philosophie *illuminative* » (par exemple Tholuck, *Die Trinitätslehre des spätern Orients*. Berlin, 1826, p. 74, n. 1 : « Erleuchtung »), ou « la philosophie *spiritualiste* » [Hartwig Derenbourg, *Manuscrits arabes de l'Escurial*, t. I, p. 492, nº 669 (il faut lire 696)], ou encore : « *idéaliste* » (de Hammer, cité par Tholuck, *ibid*, p. 74, n. 1). On doit

dévoilés par le Prince des falâcifa, Ibn Sînâ (Avicen-

écarter, d'abord, ces deux dernières traductions, qui présentent un double inconvénient : non seulement elles s'éloignent du sens de la racine arabe, mais elles risquent de donner une idée fausse du système philosophique en question : spiritualisme est pris ordinairement, chez nous, comme le simple contraire de matérialisme, et idéalisme évoque surtout l'idée d'une certaine théorie de la connaissance. Il s'agit évidemment d'une philosophie *mystique*. — Or le mysticisme, en pays d'Islâm, apparaît sous trois formes : 1° Le çoûfisme purement religieux, orthodoxe : il représente simplement la tendance de certains pieux personnages à incliner vers des pratiques ascétiques, contemplatives, et il s'accommode d'un monothéisme rigoureux ; c'est celui des saints musulmans. 2° Le çoûfisme persan ou hindou, représenté par certains enthousiastes comme El-Hallâdj (voir plus haut, p. 49, n. 3) : il se sépare plus ou moins ouvertement de l'islamisme et verse dans le panthéisme proprement dit. 3° Le mysticisme néoplatonicien. L'épithète *mochriqiyy*, « illuminatif », conviendrait également aux trois ; mais le premier est hors de cause, puisqu'il s'agit d'un système *philosophique*. Celle de *machriqiyy*, « oriental », s'appliquerait au second seulement. — Or, si les auteurs arabes, à notre connaissance, n'ont jamais pris soin d'indiquer la voyelle litigieuse, certains d'entre eux donnent expressément comme synonyme de الحكمة المشرقية l'expression حكمة الاشراق « hikmat *el-ichrâq* ». Il paraît bien difficile de soutenir, avec Munk (voir la référence au début de cette note), que le nom d'action de la 4e forme, *ichrâq*, est en relation avec شرق *charq* ou مشرق *machriq*, « Orient », plutôt qu'avec le participe présent de cette 4e forme, *mochriq*. *Ichrâq* ne peut signifier qu' « *action d'illuminer, illumination* », et par conséquent *mochriq* « *illuminant, illuminatif* » ; il s'agit, comme l'indique Tholuck (*ibid.*, p. 74, n. 1), du φωτισμός des Grecs. Mais l'expression arabe désigne-t-elle le mysticisme des panthéistes (orientaux) ou celui des Néoplatoniciens ? Hâdjî Khalfa, dans son *Kachf ed-dhonoûn* (éd. Flügel, avec trad. lat., t. III, p. 87, l. 4 et suiv.), donne de la *hikmat el-ichrâq* une longue définition qui ne laisse, semble-t-il, aucun doute à cet égard. La philosophie de l'*ichrâq*, dit-il, *fait partie de la falsafa*, et joue dans cette philosophie le même rôle que le çoûfisme dans la religion musulmane, comme la physique et la métaphysique y jouent le même rôle que le kalâm dans cette religion. (Notons que Hâdjî Khalfa emploie ici pour désigner la physique et la métaphysique les expressions « el-*hikma* 'th-thabî'iyya » et « el-*hikma* 'l-ilâhiyya », d'où il résulte que dans « hikmat el-ichrâq » *hikma* doit se traduire par *philosophie* plutôt que par *sagesse*). La religion et la falsafa, ajoute-t-il, ont même objet, à savoir le souverain bien (à la fois vertu et bonheur), qui consiste dans la connaissance de Dieu avec tous ses attributs et exemptions. Or cette connaissance peut être atteinte par deux voies : 1° par la spéculation ; 2° par l'ascétisme (par l'extase mystique). Ceux qui prennent la première voie, s'ils suivent la doctrine d'un prophète, sont *motékallemîn* ; sinon (c'est-à-dire s'ils s'en tiennent au raisonnement

ne) » (1). Il s'attache à y distinguer la connaissance intuitive donnée par l'extase mystique, de la connaissance spéculative, discursive, obtenue par le raisonnement. Bien qu'elles aient même objet, la seconde seule, fragmentaire et inadéquate, peut s'exprimer par des mots (2) ; mais elle est très peu répandue, et les initiés s'en montrent avares. Pour satisfaire à la demande de son ami, pour lui donner

fondé sur la seule évidence rationnelle), ils sont *philosophes péripatéticiens* (الحكماء المشاون). Ceux qui prennent la deuxième voie, s'ils suivent une religion, sont *çoûfis* (الصوفية); sinon, ils sont الحكماء الاشراقيون el-hokamâ '*l-ichrâqiyyoûn* (à l'accusatif : ichrâqiyyîn). Il faut évidemment traduire cette dernière expression par « philosophes *illuminatifs* », et non *orientaux* : cette longue définition de l'*ichrâq* vise uniquement le mysticisme des falâcifa, le mysticisme néoplatonicien [notons que les auteurs arabes désignent Platon comme le chef des Ichrâqiyyîn (voir Tholuck, *ibid.*, p. 74, l. 3 et l. 14 ; p. 74, l. 10 et p. 75, l. 3 ; cf. Munk, *Mélanges*.., p. 330, l. 19 à l. 21)] et ne contient pas la moindre allusion ni à l'Orient ni au çoûfisme oriental, panthéiste. — Sans doute, le çoûfisme oriental peut être, lui aussi, qualifié de mochriqiyy (illuminatif); mais loin de le considérer comme constituant le fond de cette « philosophie illuminative », si prisée des Ibn Sînâ et des Ibn Thofaïl, les falâcifa voient au contraire dans ce panthéisme le grand écueil de la falsafa. Tout leur effort tend à éviter cette dangereuse aberration, dans laquelle tombent, faute de discernement dialectique, certains exaltés dépourvus de culture philosophique : c'est ainsi qu'au début de son *Hayy ben Yaqdhân*, Ibn Thofaïl, consentant à révéler, après Ibn Sînâ, ces « secrets de la philosophie *illuminative* », c'est-à-dire de la vraie philosophie mystique, s'empresse de distinguer, avant tout, cette philosophie, du mysticisme panthéiste d'El-Hallâdj et de ses pareils. (*Cf.* encore *Hayy ben Yaqdhân*, trad. franç., pp. 92 à 95.) — Quant à la classification des falâcifa en Machchâ'în (Péripatéticiens) et Ichrâqiyyîn (Illuminatifs ou Mystiques), les premiers relevant d'Aristote et les seconds de Platon, elle ne vise point à établir une distinction entre deux écoles professant des doctrines opposées ou simplement différentes ; elle indique seulement une nuance dans l'attitude, une sorte de spécialisation partielle, une prédilection particulière des uns pour le raisonnement, des autres pour la recherche de l'intuition mystique, tous reconnaissant d'ailleurs la légitimité et l'utilité des deux méthodes, leur accord, l'identité foncière des vérités auxquelles elles aboutissent par des procédés distincts. [Voir par exemple, dans Ibn Thofaïl, tout le début du *Hayy ben Yaqdhân*, et notre thèse intitulée : *La théorie d'Ibn Roch* (*Averroès*) *sur les rapports de la relig. et de la philos.*, chap. III, les deux derniers alinéas].

(1) P. 1, l. 5 de notre traduction.

(2) P. 7, l. 8 du bas, à p. 8, l. 4 du bas.

quelque notion spéculative de ces secrets sublimes, et l'engager ainsi à cultiver l'extase, seul moyen d'en acquérir la connaissance parfaite, Ibn Thofaïl va lui conter l'histoire allégorique « de Hayy ben Yaqdhân, d'Açâl et de Salâmân (1) ».

Dans une île déserte de l'Inde située sous l'équateur, et par suite au milieu de conditions particulièrement favorables, du sein de l'argile en fermentation, un enfant est né, sans père ni mère. Suivant une autre version, nous dit l'auteur, il a été apporté dans cette île par un courant marin, en un coffre que la mère, princesse persécutée habitant une île voisine, a dû confier aux flots pour soustraire son enfant à la mort. Cet enfant, c'est Hayy ben Yaqdhân. Il est adopté par une gazelle, qui l'allaite et lui sert de mère. Il grandit, observe, réfléchit. Doué d'une intelligence supérieure, non seulement il sait ingénieusement pourvoir à tous ses besoins, mais par l'usage combiné de l'observation et du raisonnement il arrive bientôt à découvrir, de lui-même, les plus hautes vérités physiques et métaphysiques. Le système philosophique auquel il aboutit, naturellement celui des falâcifa, le conduit à chercher dans l'extase mystique l'union intime avec Dieu, qui constitue à la fois la plénitude de la science et la félicité souveraine, continue, éternelle. Retiré dans une caverne, où il arrive à jeûner pendant quarante jours consécutifs, il s'entraîne à séparer son intellect du monde extérieur et de son propre corps, par la contemplation exclusive de Dieu, afin de s'unir à son Seigneur; et il y parvient enfin. A ce moment, il entre en rapport avec Açâl, pieux personnage venu de l'île voisine pour se livrer en paix à la vie ascétique dans cette petite île qu'il croit inhabitée. Açâl enseigne le langage à ce compagnon aussi singulier qu'inattendu, et il trouve avec étonnement dans le système

(1) P. 15, l. 3 du bas, à p. 16, l. 8. — On trouvera plus loin, Appendice I, une analyse plus détaillée du roman d'Ibn Thofaïl.

philosophique découvert par Hayy ben Yaqdhân, une interprétation transcendante de la religion que lui-même professe, ainsi que de toutes les religions révélées. Il le conduit dans l'île voisine, gouvernée par le pieux roi Salâmân, l'engageant à répandre les vérités sublimes qu'il a découvertes. Mais cette tentative échoue. Nos deux sages sont obligés finalement de reconnaître que la vérité pure ne convient point au vulgaire, enchaîné dans la servitude des sens ; que pour pénétrer dans ces intelligences grossières, pour agir sur ces rebelles volontés, elle a besoin de s'envelopper des symboles qui constituent les religions révélées. Ils quittent donc à jamais ces pauvres gens, en leur recommandant d'observer fidèlement la religion de leurs pères ; et ils retournent dans leur île déserte, vivre de cette vie supérieure et vraiment divine, dont bien peu d'hommes ont le privilège.

Voilà, en quelques lignes, la donnée du *Hayy ben Yaqdhân*. Quel est au juste l'objet de ce curieux roman ? A cette question, les rares historiens de la philosophie qui ont étudié quelque peu le livre d'Ibn Thofaïl, et ont pris soin d'en indiquer expressément l'objet, soit dans une analyse plus ou moins développée, soit dans un simple sous-titre, font des réponses diverses : aucune n'est pleinement satisfaisante. Ils donnent tous de l'objet que s'est proposé l'auteur une idée plus ou moins étroite et incomplète. Sans parler du scripteur du Manuscrit d'Alger, copiste ignorant, qui dans un sous-titre de sa façon ne nous montre chez Hayy ben Yaqdhân que « le garçon né dans une île sans père ni mère » (1), il nous est du moins permis de rappeler qu'El-Marrâkochî, parlant du *Hayy ben*

(1) L. Gauthier, *Hayy ben Yaqdhân*, p. xvi, l. 3 du bas. — Notons que Eichhorn intitule sa traduction allemande : Der *Naturmensch*, oder Geschichte des Hai Ebn Joktan (voir plus haut, p. 47, 7°). Mais il convient de penser qu'il voulait moins désigner par ce titre la naissance de Hayy par génération spontanée que son développement intellectuel et moral hors de toute influence traditionnelle. Ce titre paraît être, en somme, une paraphrase de celui de Pococke : *Philosophus autodidactus*.

Yaqdhân d'Ibn Thofaïl, n'y voit qu'une « riçâla de physique, dans laquelle l'auteur s'est proposé d'exposer l'origine de l'espèce humaine suivant la secte à laquelle il appartient » (1). Selon Munk, ce roman est plus qu'un simple traité de physique, et Hayy ben Yaqdhân est déjà plus qu'un simple physicien : Ibn Thofaïl « a voulu présenter un solitaire qui n'aurait jamais subi l'influence de la société et dans lequel la raison se serait éveillée d'elle-même, et arrivée (2) successivement, par son travail et par l'impulsion venant de l'intellect actif, à l'intelligence des secrets de la nature et des plus hautes questions métaphysiques » (3). C'est cependant ne voir encore dans le personnage de Hayy qu'un savant doublé d'un philosophe, un penseur spéculatif qui se serait formé sans maître, un Aristote qui n'aurait pas connu de Platon; et telle était aussi la conception de Pococke, lorsqu'il intitulait sa traduction latine : « *Philosophus autodidactus*, sive Epistola de Hai ebn Yoqdhân, in qua ostenditur quomodo ex Inferiorum contemplatione ad Superiorum notitiam Ratio humana ascendere possit » (4). Renan, au contraire, voit sur-

(1) Voir plus haut, p. 39, l. 17 à l. 20. — M. Mehren use quelque part d'une formule qui paraît osciller entre celle d'El-Marrâkochî et celle de Munk : « Ce traité.... nous expose la possibilité du développement de l'homme, placé même dans la solitude complète, et privé de toute communication avec les parties civilisées du monde » (M. A. F. Mehren, *Traités mystiques d'Aboû Alî al-Hosain ben Abdallâh ben Sînâ ou d'Avicenne*, texte arabe... avec l'explication en français. Leyde, E. J. Brill, 4 fasc., 1889-1899, 1er fasc. : *L'allégorie mystique de Hay ben Yaqzân*. Préface, p. 7, l. 6). Le terme très général de développement peut s'entendre ici à la fois du développement intellectuel et du développement physique depuis la naissance et même avant. Ailleurs, M. Mehren approche davantage de la formule exacte (voir plus loin, p. 66, n. 3).

(2) *Sic.*

(3) Munk, *Mél. de philos. juive et ar.*, p. 413, l. 15.

(4) Comparer le titre de la traduction anglaise de Simon Ockley : The improvement of human reason, exhibited in the life of Hai ebn Yokdan..., etc. Voir plus haut, p. 46, 4°. — Comparer de même le titre de la traduction hollandaise : « *Het Leeven van Hai ebn Yokdhan*... waar in getoond wordt, hoe iemand buiten eenige ommegang met Menschen, ofte onderwyzinge kan komen tot de kennisse van sich zelven en van God.

tout en Hayy le type du mystique, du çoûfî : le livre, selon lui, « a pour objet de montrer comment les facultés humaines arrivent, par leurs propres forces, à l'ordre surnaturel et à l'union avec Dieu » (1). Brucker enfin, dans une formule plus compréhensive, réunissait, sans les dépasser, toutes les définitions précédentes (2). On dirait, en vérité, qu'El-Marrâkochî a lu seulement la première partie du roman : naissance de Hayy en vertu d'une génération spontanée; que Munk, Pococke, etc., allant un peu plus loin dans leur lecture, se sont arrêtés après la seconde : structure de l'univers; Renan et Brucker après la troisième : l'extase; mais qu'aucun d'entre eux n'a daigné lire la dernière : rencontre d'Açâl, et tentative infructueuse de faire comprendre au vulgaire le sens profond, l'interprétation philosophique, des dogmes religieux. Nous ne pouvons cependant songer un instant à voir dans cette dernière partie une rallonge inutile, un épisode parasite, sans lien logique avec l'objet principal de l'ouvrage. Je ne crois pas qu'on puisse trouver dans toute la littérature arabe une œuvre plus admirablement composée que le *Hayy ben Yaqdhân* : Aucun détail superflu; pas de fautes de plan, pas de digressions. Tout s'y enchaîne avec une logique impeccable, suivant un progrès continu. Chaque partie prépare la suivante, et toutes ensemble la dernière, qui

Voir plus haut, p. 46,5e. — Comparer enfin le titre des traductions allemandes de Pritius (*Der von sich selbst gelehrte Weltweise*. Voir plus haut, p. 47,6e) et d'Eichhorn (*Der Naturmensch*... Voir plus haut, p. 47,7e) et enfin la traduction espagnole de Pons Boigues : *El filósofo autodidacto... novela psicológica* (voir plus haut, p. 47, 8e).

(1) Renan, *Averr. et l'averr.*, p. 99, l. 18.

(2) « ...eleganti illa fabula de Hai Ebn Yoc'dahn (*sic*) quem fingit aquarum inclementiae expositum et a cerva nutritum, sine ullius hominis societate solum relictum ita adolevisse, ut sola rationis luce connata usus, tum ad rerum naturalium et supernaturalium, tum ad ipsius Dei animaeque immortalis cognitionem, felicitatemque in unione cum Deo ejusque intuitione inveniendam pervenerit » (Brucker, *Hist. critica philos...*, t. III, p. 96 au haut).

marque bien le but de l'ouvrage entier. Or les diverses péripéties, parfaitement enchaînées, qui forment cette dernière partie du roman, depuis la rencontre d'Açâl, ne tendent évidemment qu'à illustrer la solution qu'Ibn Thofaïl, comme tous les falâcifa, comme Ibn Rochd en particulier, donne à une question philosophique d'importance capitale : celle des rapports de la philosophie et de la religion (1). Je me suis efforcé d'établir ailleurs (2) que cette question devait former pour les philosophes musulmans, surtout en Espagne à l'époque des Almohades, une introduction obligée à toute spéculation philosophique, et que la solution par eux proposée constitue la principale originalité de ces Musulmans hellénisants ; je n'insisterai donc pas ici sur ce point. C'est cette grave question, l'accord de la religion et de la philosophie, qui fait l'objet essentiel du *Hayy ben Yaqdhân* d'Ibn Thofaïl. Nous verrons plus loin qu'elle ne forme pas seulement le couronnement de l'œuvre, qu'elle en est le principe organisateur (3).

(1) « Ibn Thofaïl, nous dit El-Marràkochì, avait un ardent désir de concilier la philosophie et la Loi révélée, une connaissance remarquable des prophéties considérées dans leur sens apparent et dans leur sens allégorique, une vaste érudition dans les sciences musulmanes » (El-Marràkochî, éd. Dozy, p. ١٧٢, l. 13 à l. 15 ; trad. franç., par E. Fagnan, p. 207, l. 25 à l. 27).

(2) *La théorie d'Ibn Rochd (Averroès) sur les rapports de la religion et de la philosophie*. Thèse pour le doctorat ès-lettres. Introduction et chap. III.

(3) M. de Boer, dans sa *Geschichte der Philosophie im Islâm*, article Ibn Thofaïl, glisse, lui aussi, sur cette question et sur toute cette dernière partie de l'œuvre. M. Mehren approche plus près de la vérité : « Le but du roman d'Ibn Thopheil est, dit-il, de prouver la possibilité donnée à l'homme, d'arriver à un même terme de développement, soit graduellement, quand il fait partie d'un état civilisé, soit immédiatement par la spéculation et l'intuition, quand il vit dans une solitude complète, séparé de la société humaine ». [Article paru dans le *Muséon*, de Louvain, t. IV, année 1885, et intitulé : *Le traité d'Avicenne sur le destin*, p. 36, l. 18 (il a été également publié dans le 4e fasc. des *Traités mystiques* d'*Aboû Alî ... ben Sina ou d'Avicenne*)]. On ne peut donc plus dire de lui qu'il semble n'avoir pas lu la dernière partie du livre. Il y a vu le véritable objet de l'ouvrage et il a compris que le but du philosophe

Pour présenter sous la forme allégorique et attrayante du roman une thèse philosophique, il faut revêtir d'images la pensée abstraite, transformer les concepts en personnages et les raisonnements en épisodes. Ibn Thofaïl a-t-il créé de toutes pièces ses épisodes et ses personnages, ou les a-t-il empruntés? Cette question se subdivise en plusieurs : nature et sources des emprunts s'il y en a, genèse du roman dans l'esprit de notre philosophe, degré d'originalité de l'auteur.

Qu'Ibn Thofaïl, pour construire son roman, ait fait certains emprunts à ses prédécesseurs, c'est un point qui, d'abord, ne saurait faire aucun doute. Sans parler des doctrines, dont il déclare avoir emprunté, sinon le mode d'exposition, du moins les éléments essentiels, à Ibn Sînâ, à El-Ghazâlî et aux *motafalsifa* (1) ses contempo-

romancier était d'établir un parallèle entre les deux entités représentées par les personnages allégoriques de Hayy et d'Açâl. Mais il ne s'est pas avisé que les entités symbolisées par ces deux masques sont la philosophie et la religion, et qu'il s'agit de montrer leur accord fondamental. De plus, un troisième personnage lui échappe, et par suite aussi la seconde moitié de la thèse, dont il est le symbole : c'est Salâmân flanqué de ses compagnons; il représente une troisième entité, *le vulgaire*, et symbolise le danger, l'impossibilité de révéler à d'autres qu'à une très petite élite de pieux personnages nourris des traditions religieuses, et d'esprit exceptionnellement ouvert (Açâl), les interprétations philosophiques, adéquates, des dogmes religieux, découvertes par la raison transcendante des grands philosophes (Hayy ben Yaqdhân). Je ne vois guère que M. Merx qui, dans son article de la *Protestantische Kirchenzeitung* für das evangelische Deutschland intitulé *Eine mittelalterliche Kritik der Offenbarung* (voir plus haut, p. 56, l. 13 à l. 21), ait suffisamment, quoique brièvement, indiqué la portée de toute cette dernière partie; par exemple dans le titre même de son article, et dans le passage suivant : « Mit einem dieser Philosophen gedenke ich meine Leser bekannt zu machen, dessen höchst originelles... Werk *in einer Kritik der Religionen gipfelt* (p. 669, l. 20). M. Merx faisait là œuvre de théologien plutôt que d'historien de la philosophie musulmane. C'est pourquoi l'importance de la partie philosophico-théologique du roman ne risquait pas de lui échapper comme aux historiens philosophes.

(1) Le mot *faïlaçoûf* (*philosophe*), au pluriel *falâcifa*, désigne, d'une manière générale, un représentant de la *falsafa* (philosophie grecque), soit ancien, soit moderne, soit grec soit musulman : Aristote, Ibn Sînâ,

rains (1), il avoue lui-même que, pour les personnages, il doit quelque chose à Ibn Sînâ : « Je vais donc te conter, dit-il à la fin de son Introduction, l'histoire de Hayy ben Yaqdhân, d'Açâl et de Salâmân, *qui ont reçu leurs noms du Cheikh Aboû 'Alî* » (2), c'est-à-dire d'Ibn Sînâ. Ce passage est d'ailleurs le seul qui témoigne catégoriquement d'un emprunt en ce qui concerne les éléments *du récit* (3). Nous

sont également des *falâcifa*. Le participe actif de la 2e forme quadrilitère, *motafalsif* (au pluriel : *motafalsifa*), qui pourrait se rendre exactement par *philosophisant*, s'applique à un faïlaçoûf de second plan, par opposition aux grands maîtres : on s'en contente, par modestie, pour soi et ses contemporains.

(1) P. 14, l. 10 du bas à l. 4 du bas.

(2) P. 16, l. 3.

(3) Mentionnons encore plusieurs autres passages, mais seulement pour montrer que nous n'en pouvons faire état. D'abord, le début du récit : « Nos vertueux ancêtres rapportent... qu'il y a une île de l'Inde, située sous l'équateur, dans laquelle l'homme naît sans mère ni père » (p. 16, l. 9 à l. 12). Il ne s'agit ici que d'une opinion répandue de philosophie naturelle, ou, si l'on aime mieux, d'une légende populaire, dont l'auteur tire parti; tel est encore, par exemple, le trait légendaire (cf. en particulier Qoran, V, 34), imité par Ibn Thofaïl (p. 36, l. 18 et suiv.), du corbeau qui, ayant tué son frère, creuse de ses serres un trou dans le sol et l'y enfouit, donnant ainsi à Caïn l'idée d'enterrer le cadavre d'Abel. Nous ne parlons pas ici, en effet, de doctrines scientifiques ou philosophiques, ni de récits populaires, de légendes tombées dans le domaine public, mais seulement de personnages fictifs ou d'épisodes de roman, empruntés à un auteur déterminé. 2° En racontant la naissance de Hayy, « Certains, dit Ibn Thofaïl,... décident que Hayy ben Yaqdhân est un de ceux qui sont nés dans cette région, sans mère ni père. Mais d'autres le nient et rapportent cette histoire comme nous allons te la raconter ». Cette mention de deux versions différentes, ayant chacune ses partisans, donnerait à penser qu'Ibn Thofaïl se borne à rapporter telle quelle une histoire toute faite, ayant cours parmi les auteurs arabes ou même plutôt parmi les conteurs populaires, et cette histoire échapperait par là même, tout entière, à la recherche des sources telle que nous l'avons définie, notre plan ne comportant pas des études de folk-lore. Mais l'idée de cette double version peut être aussi, et nous croyons qu'elle est, en effet, un simple artifice de l'auteur, à l'intention de certains lecteurs que pourrait choquer l'invraisemblance de la formation d'un être humain par voie de génération spontanée. 3° Il faut en dire autant de ce passage, par lequel il clôt son récit : « Voilà... ce que nous avons pu apprendre sur Hayy ben Yaqdhân, Açâl et Salâmân » (p. 116 dern. l., à p. 117 l. 2) : pour donner plus de consistance à la fable qu'il imagine, le romancier, par

voilà donc tenus d'abord de retrouver chez Avicenne les noms de Hayy ben Yaqdhân, d'Açâl, de Salâman, et, s'il se peut, leur histoire, afin de la confronter avec le roman d'Ibn Thofaïl et de voir quel parti notre auteur en a su tirer.

Demandez à un Musulman lettré s'il connaît l'histoire de Hayy ben Yaqdhân ; neuf fois sur dix il répondra, s'il est érudit : « Oui : c'est une riçâla d'Ibn Sînâ ». Notons que le scripteur du manuscrit d'Alger, lui aussi, attribue, dans le titre, l'ouvrage d'Ibn Thofaïl à Aboû Bekr *ben Sînâ* (1). Enfin les éditions indigènes du Caire (2) se terminent par une note dont voici la traduction : « Ibn Khallikân mentionne, à l'article Aboû 'Alî ben Sînâ, que cette riçâla est de lui (3). Peut-être était-elle en persan (4), et a-t-elle été traduite par celui qui la rapporte ici » [c'est-à-dire par Ibn Thofaïl] (5). C'est qu'il existe, en effet, un opuscule célèbre d'Ibn Sînâ intitulé *Riçâla de Hayy ben Yaqdhân* (6), allégorie froide et sans grâce, qui répond au

une innocente fiction, propre à flatter le goût traditionaliste de ses coreligionnaires, lui prête l'autorité d'une antique tradition.

(1) *Hayy ben Yaqdhân*, trad. franç., p. xvi, l. 3 du bas.

(2) Et de Constantinople (cf. Mehren, *Traités mystiques d'Avicenne*, fasc. I, p. 7, dern. l., à p. 8, l. 5.

(3) Cette mention d'une « *Riçâla de Hayy ben Yaqdhân* par Ibn Sînâ » se trouve en effet dans Ibn Khallikân, vers la fin de l'article Ibn Sînâ (éd. Wüstenfeld, N° ١٨٩, dans le fasc. 3, p. ١٣٣, l. 2).

(4) Cf. *supra*, p. 51, n. 1.

(5) *Hayy ben Yaqdhân*, texte arabe de notre édition, pp. ١٢٠ au bas et ١٢١ au bas.

(6) Cette courte riçâla (moins de 200 lignes) est mentionnée par El-Djoûzdjânî, le fidèle disciple d'Ibn Sînâ, dans la liste dressée par lui des ouvrages de son maître (voir Mehren, *Traités myst. d'Avicenne*, fasc. I, p. 8, l. 6 à l. 8; cf. Mehren, *La philosophie d'Avicenne* [*Ibn Sina*] exposée d'après des documents inédits, article paru dans le *Muséon*, t. I, année 1882, p. 397, l. 22 à l. 27); par Ibn Khallikân (*Biographical dictionary*... by de Slane, I, pp. 443 et suiv.) et Hâdjî Khalfa (*Lex. Bibliogr.*, t. III, p. 393). Elle existe en manuscrit dans les bibliothèques suivantes : British Museum, à Londres (*Catal. Cod. manuscript. orient. Mus. Brit.*, t. II, p. 448, n° 978, 2); Bodleyenne d'Oxford (*Cat. cod. manuscript. orient. Bibl. Bodleianae*, ed. Uri, t. I, n° 456; Leyde (*Cat. cod. orient. Bibl. Ac. Lugd. Bat.*, t. III, p. 328-29. — Enfin M. Mehren, dans le premier fasc. des *Traités mystiques d'Avicenne*, a publié le texte

type courant de ces compositions chères aux mystiques musulmans. L'auteur dit l'avoir écrite pour répondre au désir de ses amis, qui lui ont demandé « de leur expliquer (1) l'histoire de Hayy ben Yaqdhân » (2).

« Pendant mon séjour dans mon pays, commence-t-il, je me sentis disposé à faire, avec mes amis, une petite excursion aux lieux de plaisance du voisinage... Je rencontrai un vieillard... rempli d'une ardeur juvénile. » Cela veut dire, nous explique en substance le commentaire arabe d'Ibn Zéïla : Pendant le séjour de l'âme dans mon corps, j'eus le désir d'examiner, guidé par mon imagination et mes sens extérieurs, les intelligibles les plus accessibles à ma faculté intellectuelle. Je me trouvai bientôt en contact avec l'Intellect actif, éternel et toujours en acte. L'allégorie se poursuit ainsi jusqu'au bout, énigmatique et d'un intérêt languissant, expliquée, pas à pas, par le commentateur. Interrogé, le merveilleux vieillard donne d'abord des renseignements sur lui-même. Il se nomme Hayy ben Yaqdhân « le Vivant fils du Vigilant » [*le Vivant*, parce que l'Intelligence implique la Vie (3) ; *fils du Vigilant*, parce que l'Intelligence découle, par voie d'émanation, de « Celui qui ne dort jamais », c'est-à-dire de Dieu (4)]. Son métier est de parcourir le monde pour le

arabe de cette riçâla, accompagné d'un commentaire, en arabe, emprunté à Ibn Zéïla (*Cat. cod. manuscript. orient. Mus. Brit.*, t. II, p. 448, n° 978, 3), avec une paraphrase en français.

(1) Ou « commenter ». Le mot *charh*, employé ici, est le terme consacré pour désigner ce que les scolastiques, qui l'avaient emprunté aux Arabes, appelaient le *grand commentaire* (Voir Renan, *Averr. et l'averr.*, p. 60, n. 1).

(2) Mehren, *Traités myst. d'Avicenne*, fasc. I, p. 11, l. 1 à l. 3 (texte arabe, p. ı, l. 1 et 2). Ce préambule fait allusion, comme nous le verrons tout à l'heure, à certains passages de ses œuvres, dans lesquels Ibn Sînâ avait déjà mis en scène ce personnage symbolique, dont il est probablement l'inventeur (cf. Mehren, *ibid.*, p. 8, l. 15 à l. 18).

(3) Cf. Platon, *Sophiste*, 249 A.

(4) Quand un narrateur arabe raconte qu'un personnage de son histoire s'endormit, il manque rarement d'ajouter : « *Sobhâna man lâ yanâm* (*Gloire à celui qui ne dort jamais* !) ».

connaître; sa règle est de se tourner vers son Père. La conversation tombe d'abord sur la science de la physiognomonie, dont Hayy discourt avec une étonnante sûreté (il s'agit de la logique, science qui, allant du connu à l'inconnu, conduit à la connaissance des choses cachées). Il chapitre ensuite son interlocuteur au sujet de ses compagnons (l'imagination, l'appétit irascible, l'appétit concupiscible) et lui donne, toujours sous forme allégorique, des conseils, manifestement inspirés de Platon (1), sur la manière de les maîtriser, et de tenir en bride les deux derniers l'un par l'autre. Puis il l'entraîne dans un voyage symbolique, dont le détail serait ici sans intérêt, à travers les trois parties de l'Univers, qui sont : la région du ciel visible et de la terre, celle de l'Occident (la matière) et celle de l'Orient (les formes) ; enfin, au sommet de la hiérarchie des formes, il lui fait entrevoir le Seigneur, Père de tous les êtres, source de toute existence, dont aucun œil ne peut soutenir l'éclat. Il termine en l'engageant à le suivre dans la voie qui mène à Lui.

Comme l'indique le préambule de cette riçâla, l'auteur avait déjà présenté à ses lecteurs ce personnage allégorique de Hayy ben Yaqdhân dans certains passages de ses œuvres (2), en particulier dans un opuscule intitulé *Riçâla fî'l-qadar* (*Riçâla sur le décret divin*) (3). Au cours d'un voyage, nous dit-il, revenant de Chimler à Ispahan, il s'arrêta dans un château appartenant à un de ses amis, et entama avec le maître du lieu une discussion sur le décret divin dans ses rapports avec la liberté humaine. Son ami révoquait en doute, comme incompatible avec notre libre-

(1) Cf. Platon, *Phèdre*, 246 A B, 247 B, 253 C à 254 E, 255 E à 256 A.

(2) Voir plus haut, p. 70, n. 2.

(3) Voir dans le *Muséon*, t. IV, année 1885, pp. 34 à 42, l'article de M. Mehren intitulé : *Le traité d'Avicenne sur le destin* (c'est l'opuscule dont nous parlons ici). Cet article est reproduit, accompagné du texte arabe de la riçâla, dans le livre du même auteur : *Traités mystiques d'Avicenne*, fasc. IV.

arbitre et notre responsabilité morale, la prédétermination de tous nos actes par le décret absolu de Dieu ; et Avicenne ne parvenait pas à le convaincre. Soudain arrive, comme par une intervention providentielle, le sage vieillard Hayy ben Yaqdhân. Il recommande à Avicenne la modération dans la discussion ; puis il prend en mains la cause de Dieu, et dans un long discours, il établit, autant qu'il est possible au seul entendement discursif, à la raison simplement raisonnante, la toute-puissance absolue de la prédestination.

Un peu moins gâtée que la précédente par les puérilités d'un symbolisme intempérant, cette riçâla ne laisse pas d'appartenir, comme elle, au genre de l'allégorie froide et fastidieuse. C'est en le transformant complètement et à son avantage, qu'Ibn Thofaïl empruntera à ces deux riçâla d'Ibn Sînâ le personnage de Hayy ben Yaqdhân, symbole de l'Intellect actif.

Dans cette même riçâla sur le décret divin, nous rencontrons aussi, sous une forme très légèrement différente, le nom d'Açâl, compagnon de notre héros principal. Vers le début de son discours, le Hayy ben Yaqdhân d'Ibn Sînâ prononce en effet la phrase suivante : « Tout le monde n'a pas été doué de la continence de Joseph (1), à qui la beauté divine se montra, ni de la chasteté d'*Absâl*, quand il fut averti par l'éclair de la lumière céleste » (2). Ailleurs encore, dans les écrits d'Ibn Sînâ, nous trouvons le même nom, associé, cette fois, à celui de Salâmân. C'est au début du neuvième *namth* (3) (ou neuvième section) de son grand ouvrage : *Kitâb el-'ichârât wa 't-tanbîhât* (*Le livre des indi-*

(1) Le Joseph de la Bible. Il est bien connu des Musulmans. La sourate XII du Qoran porte son nom : elle est consacrée au récit de son histoire et en particulier de son aventure avec la femme de Putiphar.

(2) *Muséon*, article cité, p. 38, l. 3 du bas ; Traités myst. d'Avicenne, fasc. IV.

(3) Et non du xe, ainsi que porte, par suite d'une erreur typographique, la note de M. Mehren, *Muséon*, *ibid.*, p. 39, 4e l. de la note.

cations et des avertissements) (1). « Et si, nous dit l'auteur, parmi les histoires qui ont frappé ton oreille, celle de Salâmân et Absâl t'a été rapportée, sache que Salâmân te représente toi-même, et qu'Absâl représente ton degré d'initiation, si tu fais partie des initiés. Après cela, résous l'énigme si tu peux ».

Qu'il existe, dans les œuvres mêmes d'Ibn Sînâ, à côté des deux riçâla où il a mis en scène Hayy ben Yaqdhân, une Histoire de Salâmân et d'Absâl, à laquelle ces passages font allusion, c'est un point que met hors de doute la mention faite de cette histoire par El-Djoûzdjânî, dans l'index des écrits de son maître (2). M. Mehren l'a vainement cherchée dans les manuscrits contenant les traités d'Avicenne, à Leyde et à Londres (3). Mais nous allons trouver ailleurs tous les renseignements désirables.

A la fin d'un recueil arabe publié à Constantinople en 1298 (= 1881), sous le titre suivant : *Tis'o raçâ'il fî 'l-hikma wa 'th-thabî'iyyât, tâ'lîf... Ibn Sînâ* (*Neuf riçâla sur la philosophie et la physique, par... Ibn Sînâ*), on trouve (4) une assez longue *Histoire de Salâmân et d'Absâl*. Cette histoire, à vrai dire, n'est pas donnée dans ce recueil comme étant d'Ibn Sînâ, mais comme traduite du grec en arabe par le célèbre traducteur Honaïn ben Ishâq el-'Ibâdî. Si elle y figure, ce n'est évidemment qu'à cause des noms de Salâmân et Absâl, rendus célèbres par Ibn Sînâ. Elle

(1) Ibn Sînâ, *Le livre des théorèmes et des avertissements*, publié d'après les manuscrits de Berlin, de Leyde et d'Oxford, et traduit par S. Forget. I. Texte arabe. Leyde, 1892 (La traduction n'a pas encore paru). — M. Mehren a publié dans le deuxième fasc. des *Traités mystiques d'Avicenne*, le texte arabe, avec une paraphrase en français, des trois dernières sections de cet ouvrage (sections VIII, IX, X).

(2) *Muséon, art. cité*, p. 38, n. 2; *Traités mystiques d'Avicenne*, fasc. II, p. 11, n. 1, l. 10 et 11. — Cette mention est attestée par Naçîr ed-dîn Eth-Thoûçî, le commentateur d'Ibn Sînâ, *Tis'o raçâ'il* (voir ci-dessous, p. 73, l. 16 et suiv.), p. ١٢٢, l. 18 et 19.

(3) *Muséon, ibid.*, p. 38, n. 2, l. 3 et 4; *Traités myst. d'Avic.*, *ibid.*, p. 11, n. 1, l. 12.

(4) *Tis'o raçâ'il*, pp. ١١٢ à ١٢٥.

est suivie, à ce titre, d'un long et précieux commentaire qui nous fournira les renseignements désirés. Mais l'histoire en elle-même intéresse déjà notre recherche actuelle : si, sous les noms de Salâmân et Absâl, nous n'y trouvons pas encore exactement les prototypes des deux personnages correspondants d'Ibn Thofaïl, nous remarquons du moins, dans cette histoire, plus d'un détail dont notre romancier a manifestement tiré parti ; elle constitue l'une des sources du roman d'Ibn Thofaïl. Nous ne pouvons donc nous dispenser d'en donner une analyse un peu détaillée (1), insistant sur les particularités qui offrent quelque analogie avec certaines circonstances de notre roman et dont notre auteur a dû s'inspirer.

Il y avait, aux temps anciens, avant le déluge de feu, un vieux roi du nom de Harmânoûs ben Harqel (2). Il possédait la royauté de Roûm (3) jusqu'au rivage de la mer, avec le pays de Grèce et la terre d'Égypte. C'est lui qui a construit les grandes pyramides. Ce roi était un savant et un sage. Son maître, Aqlîqoûlâs (4), qui lui avait enseigné toutes les sciences occultes, sage philosophe d'un très grand âge, se livrait à l'ascétisme, enfermé dans une caverne ; tous les quarante jours, il déjeunait de quelques

(1) M. Carra de Vaux en a déjà présenté un résumé à la fin de son livre sur *Avicenne*. Paris, 1900.

(2) *Harmonios* ou *Harminos*, fils d'Héraclès. Pour le changement possible de la finale grecque ιος en وس oûs, cf. : طيماوس Timâoûs = Τίμαιος. D'autre part on rencontre, dans les traditions alexandrines, un personnage du nom de Harminos, auquel la légende attribue une réforme du calendrier. Harminos = Harmaios = Harmais = Ἁρμαϝις, qui n'est que la transcription du nom pharaonique Harmhabi, le *b* égyptien se prononçant *v* (*Journal des Savants*, 1899, dans le compte-rendu, par G. Maspero, de la traduction de l'*Abrégé des Merveilles* par le baron Carra de Vaux, p. 159, l. 15 à l. 18 et n. 7). Pour le changement de l'iota de Ἁρμίνος en *â*, cf. ديمقراطيس Dîmoqrâthîs = Δημόκριτος (par ex. dans Chahristânî, *Kitâb el-milal wa 'n-nihal*, *Book of religious and philosophical sects* by Muhammad Al-Shahrastáni,... edited by... Cureton. London, 1842-1846, 2 vol., vol. II, p. ٢٥٢, l. 5 du bas).

(3) Les provinces grecques d'Asie.

(4) Ἀγρικόλας (Agricola).

plantes. Par ses conseils, Harmânoûs était arrivé à subjuguer la totalité de la terre habitée.

Désireux d'avoir un héritier de sa sagesse et de son royaume sans vaincre sa répugnance pour le commerce des femmes, le vieux roi s'adresse à Aqlîqoûlâs. Sur ses indications, il remplace la femme par une mandragore en forme de statue, en ayant soin d'attendre un horoscope favorable. Aqlîqoûlâs se charge de veiller au développement du germe si étrangement conçu : il consacre à cette œuvre toutes les ressources de son art, dont le narrateur néglige de nous révéler les secrets. A l'organisme ainsi constitué vient se joindre la *forme* de l'âme directrice, et il devient un être humain complet. Le sage nomme cet enfant Salâmân, et il lui choisit pour nourrice une belle fille de dix-huit ans, du nom d'Absâl, qui se charge de l'élever.

Pour récompenser Aqlîqoûlâs, Harmânoûs, à sa demande, fait construire sur ses plans deux immenses monuments capables de résister aux deux déluges de feu et d'eau (1), l'un en briques, l'autre en pierres. L'un est destiné au sage, l'autre au roi lui-même. Ce sont les deux grandes pyramides : elles doivent leur servir, pendant leur vie, de bibliothèques et de laboratoires, puis, après leur mort, de tombeaux.

L'allaitement terminé, le père veut séparer son fils de la nourrice. Touché pourtant du chagrin de l'enfant, il consent à les laisser ensemble. Mais lorsque Salâmân parvient à la puberté, son affection pour elle se transforme en amour. Endoctriné par cette femme, qui le tient par la passion et se prévaut auprès de lui de sa soumission, de ses complaisances, il ne cède pas aux remontrances réité-

(1) Sur cette légende alexandrine des deux grandes pyramides, construites pour permettre à la science de survivre aux deux déluges, voir *Journal des savants*, 1899, dans le compte-rendu, par G. Maspero, de la traduction de l'*Abrégé des Merveilles* par le Baron Carra de Vaux, pp. 161 à 164. — Cf. Platon, *Timée* 22 C.

rées du roi son père, qui l'exhorte à ne point offusquer la lumière de son intelligence en s'asservissant à une femme, et à se détourner de cette « libertine d'Absâl ». Pourtant, il finit par consentir à faire de son temps deux parts, dont l'une serait consacrée à l'étude de la sagesse, et l'autre à sa passion pour Absâl. Mais il tient mal sa promesse.

Le roi délibère alors de faire périr Absâl. Son vizir Harnoûs le détourne de ce projet. Mais leur conversation, surprise par un tiers, arrive aux oreilles des deux amants : ils décident de fuir ensemble par delà la mer d'Occident.

Au moyen d'une sorte de flûte enchantée (1), percée de sept trous, qui lui permet de tout voir dans les sept climats, et de faire savoir aux gens, du même coup, qu'il est au courant de leurs faits et gestes, Harmânoûs découvre la retraite des deux fugitifs. Touché d'abord de leur état misérable, il subvient à leurs besoins, comptant sur le repentir du jeune homme. Mais bientôt, irrité de son obstination, il leur ôte, par des charmes magiques, les moyens de satisfaire leur passion sans cependant les séparer, et les plonge ainsi dans les plus cruels tourments. Salâmân se décide à revenir implorer son père. « Le trône, lui dit celui-ci, veut qu'on ne s'occupe que de lui. Absâl aussi veut la même chose, et les deux sont incompatibles... Tu ne peux... porter la main sur le trône... et y monter, alors qu'Absâl est attachée à ton pied. De même, tu ne peux monter au trône des cieux, alors que l'amour d'Absâl est suspendu aux pieds de ta pensée. » Et il ordonne « de les lier tous deux ensemble comme il avait dit dans la première comparaison », la main de Salâmân fixée au trône, et Absâl attachée à son pied. La nuit venue, il les fait délier. Mais alors, se prenant par la main, ils vont se jeter dans la mer. Le roi ordonne à l'esprit des eaux de préserver Salâmân; quant à Absâl, il la laisse se noyer.

(1) Le texte dit, au duel : « *deux tubes* d'or, portant sept trous de sifflet », et plus bas, au singulier « ce sifflet » ou « cette flûte ». Il s'agit, sans aucun doute, de la flûte double des anciens Grecs.

Peu s'en faut que Salâmân ne meure de désespoir. A la demande du père, le sage vient à son secours. Il lui promet de lui rendre Absâl, s'il consent à venir avec lui dans sa caverne et à l'imiter en tout, sauf qu'il pourra rompre le jeûne tous les sept jours, tandis que lui-même jeûnera pendant quarante jours consécutifs.

Dès lors, Salâmân voit tous les jours l'image d'Absâl qui vient le visiter dans la caverne. Le quarantième jour, à la prière du sage, c'est la forme de Vénus qui apparaît à la place d'Absâl. Salâmân s'en éprend violemment. Il ne veut plus entendre parler d'Absâl qui allait lui être définitivement rendue : elle lui est devenue odieuse. Mais sa nouvelle passion assouvie, Vénus, à son tour, lui devient bientôt indifférente. Alors, « son intelligence retrouve la santé : elle est purifiée du trouble de l'amour, qui le ravalait du rang de la sagesse et de la royauté au rang du plaisir et du divertissement ». Il succède à son père, cultive la sagesse, et devient, en même temps qu'un grand roi, le chef d'une grande secte. Il ordonne d'écrire cette histoire sur sept tables d'or, et de les déposer dans les pyramides, au chevet du tombeau de son père.

Lorsqu'après les deux déluges, de feu et d'eau, le monde eut été repeuplé, le divin Platon apparut. Sachant ce que contenaient les deux pyramides en fait de connaissances sublimes et de trésors précieux, il voulut les ouvrir ; mais les rois de l'époque lui en refusèrent l'autorisation. Aristote fut plus heureux. Alexandre-le-Grand, son élève, qu'il avait suivi dans ses conquêtes, lui permit d'en ouvrir la porte selon le procédé que lui avait indiqué Platon ; mais ce fut à condition qu'il en tirerait seulement les tables d'or sur lesquelles étaient écrites, dans la langue de l'ancienne Égypte, l'histoire de Salâmân et d'Absâl.

Telle est l'allégorie. L'interprétation nous en est donnée par le commentaire qui lui fait suite dans le recueil des *Neuf riçâla*.

Cette glose anonyme commence par rappeler la phrase

d'Ibn Sînâ que nous avons citée : « ...sache que Salâmân te représente toi-même et qu'Absâl représente ton degré d'initiation..., etc. », et elle ajoute que l'histoire de Salâmân et d'Absâl à laquelle Ibn Sînâ fait ici allusion est celle qui vient d'être racontée. Puis elle reproduit « textuellement » le commentaire de Nacîr ed-dîn eth-Thoûcî. Or ce commentaire conclut très nettement que l'histoire en question *ne peut être* celle qu'a visée Ibn Sînâ. Si accoutumé qu'on soit au défaut de critique de certains commentateurs musulmans, il est difficile d'attribuer à la fois à un seul cette affirmation inconsidérée et la transcription textuelle du commentaire d'Eth-Thoûcî qui, d'une façon péremptoire, en démontre l'inanité. Plus vraisemblable est la supposition que nous avons affaire à deux morceaux différents de valeur très inégale : d'abord une courte notice d'un premier glossateur, puis le commentaire d'Eth-Thoûcî, recueillis séparément par un compilateur et mis bout à bout, sans aucune prétention critique.

Remarquons en outre que le commentaire d'Eth-Thoûcî rapporté ici se divise lui-même en deux parties successives, dont la seconde, Eth-Thoûcî lui-même a soin de nous en avertir, n'a été composée par lui que longtemps après la première (1). Dans la plus ancienne de ces deux parties, quelque peu vague et confuse, faite, à ce qu'il semble, de pièces rapportées et disparates, le commentateur, encore très incomplètement informé, n'aboutit qu'à des conclusions flottantes. Il nous dit d'abord « qu'il ne s'agit pas ici d'une histoire connue : que Salâmân et Absâl sont deux noms par lesquels le Maître *a désigné certaines choses* », c'est-à-dire deux noms symboliques. Ce qu'on a pu dire de mieux, ajoute-t-il, c'est que Salâmân représente Adam ou l'Ame raisonnable, Absâl le Paradis, ou les degrés de la béatitude, et l'histoire dans son ensemble Adam chassé du Paradis, ou la chute par laquelle

(1) *Tis'o raçâ'il*, p. ١٢٠, 3e ligne du bas, et p. ١٢٢, l. 17.

l'Ame descend de ces degrés [sublimes] lorsqu'elle se livre aux passions. « Il s'agit, en tout cas, de quelqu'un qui poursuit une chose qu'il n'obtient que petit à petit et grâce à laquelle il s'élève de perfection en perfection ; en sorte que Salâmân puisse correspondre à ce poursuivant, Absâl à cet objet qu'il poursuit, et tout ce qui arrive entre eux deux à l'énigme que le Maître nous invite à résoudre. » Puis, il ajoute : « Cependant, cette histoire paraît être de celles [qui avaient cours] chez les Arabes : car ces deux noms se rencontrent dans leurs contes » ; et pour le prouver, il rapporte une histoire dans laquelle deux hommes ayant été faits prisonniers par une peuplade, l'un d'eux, Salâmân, échappe à la captivité (1) grâce à sa bonne réputation, tandis que l'autre, Absâl, à cause de sa mauvaise réputation, meurt captif. Des érudits du Khorâçân lui ont raconté cette histoire, qu'ils avaient tirée du livre d'Ibn el-A'râbî intitulé : *Les raretés des récits des Arabes.* Le commentateur ajoute que, sous la forme qu'il lui a entendu donner, elle ne répond pas à ce qu'on cherche ici, et que d'ailleurs il ne l'a pas trouvée dans le livre en question ; si pourtant elle s'y trouve, elle montre du moins, dit-il, que ces deux noms étaient connus. Ce ne seraient donc pas là des noms symboliques. Mais la phrase citée plus haut, dans laquelle le Maître nous dit que ces deux noms désignent l'âme et son degré d'initiation, puis nous invite à résoudre l'énigme, semble bien indiquer le contraire. — La première partie du commentaire d'Eth-Thoûcî se termine sur ce point d'interrogation.

Autrement précise est la seconde partie. « J'ajoute, dit notre commentateur, qu'il est arrivé à ma [connaissance], après avoir écrit ce commentaire, deux histoires relatives à Salâmân et Absâl. Voici celle que j'ai

(1) Jeu de mots sur le sens du nom de Salâmân : فقدى سلامان لشهرته بالسلامة « *Salâmân,* à cause de sa bonne réputation, obtint le *salut* (*salâma*) ».

connue la première. » Et il résume, à grands traits le conte du roi Harmânoûs, du sage Aqlîqoûlâs, du jeune prince Salâmân et de sa nourrice Absâl (1). Puis il en donne l'interprétation allégorique, en montrant que cette histoire ne peut être celle à laquelle a fait allusion Ibn Sînâ. « C'est là, dit-il, une histoire qu'a inventée quelqu'un du commun des philosophes (2) pour y rapporter les paroles du Maître, [mais] d'une façon qui ne correspond pas au modèle. En effet, elle ne cadre pas avec lui, puisqu'elle impliquerait que c'est le roi [Harmânoûs] qui est l'Intellect actif, le sage [Aqlîqoûlâs] l'émanation qui se répand sur lui d'en haut, Salâmân l'âme raisonnable..., Absâl la faculté corporelle, animale, par laquelle se complète l'âme... La passion de Salâmân pour Absâl, c'est son inclination pour l'essence corporelle, etc. (3). — Telle

(1) Eth-Thoûcî ajoute : « L'histoire se répandit et Honaïn ben Ishâq la traduisit du grec en arabe ». Telle est l'origine de la mention jointe au titre général du morceau : « Traduction du grec par Honaïn ben Ishâq el-'Ibâdî » (Cf. *supra*, p. 73 au bas).

(2) « Cette histoire, dit M. Carra de Vaux (*Avicenne*, p. 290, l. 10 à l. 17 et n. 2)... nous est présentée comme ayant été traduite du grec par Honéïn fils d'Ishâk, et il y a lieu de croire en effet qu'elle est d'origine alexandrine. » — Un détail donnerait, ce semble, à penser que l'auteur de cette histoire, nourri des doctrines et des allégories alexandrines, écrivait cependant dans une région continentale, soit dans la moyenne ou la haute Égypte, soit plutôt dans l'intérieur de l'Asie ; c'est l'expression suivante : « Harmânoûs... possédait la royauté de Roûm (c'est-à-dire les provinces grecques d'Asie-Mineure et de Syrie) *jusqu'au rivage de la mer*, avec le pays de Grèce et la terre d'Égypte » (*Tis'o raçâ'il*, p. ١١٢, l. 2 et 3). Cette formule « jusqu'au rivage de la mer » semble indiquer que l'auteur habitait l'intérieur du pays, du pays de Roûm probablement. Au lieu d'écrire : le pays de Roûm « jusqu'au rivage de la mer », un habitant de la Grèce, ou même de l'Égypte, n'aurait-il pas écrit plutôt : le pays de Roûm « *jusqu'au désert* », ou « jusqu'à l'Euphrate » ? Notons qu'une autre particularité vient à l'appui de cette conjecture : bien que le récit semble indiquer pour la capitale supposée des États d'Harmânoûs une ville très voisine des grandes pyramides, l'auteur de ce conte nomme le pays de Roûm le premier, avant la Grèce et l'Egypte, probablement parce que c'est le pays où il habite, où il écrit.

(3) L'interprétation se poursuit ainsi jusqu'au bout : « Leur fuite à tous deux veut dire qu'ils se plongent dans les choses périssables, loin

est, poursuit notre commentateur, l'interprétation de l'histoire. Salâmân correspond à ce qu'a voulu le Maître. Mais Absâl ne correspond point, puisqu'il a voulu, par ce [personnage, représenter] les degrés de l'initié dans la connaissance mystique, tandis qu'ici il représente ce qui l'empêche d'arriver à la connaissance mystique et à la perfection. Ce n'est donc pas cette histoire qui correspond à ce qu'a dit le Maître ; et cela montre que celui qui l'a composée n'a pas été capable d'arriver à comprendre l'intention d'[Ibn Sînâ]. »

Ne nous arrêtons pas à examiner si, comme le croit Eth-Thoûcî, l'auteur anonyme de ce conte l'a, bien maladroitement, composé, après coup, pour répondre à l'allusion d'Avicenne, et hâtons-nous d'arriver enfin à la dernière histoire rapportée par l'érudit commentateur.

« La dernière histoire, nous dit-il, est venue à ma [connaissance] vingt ans après l'époque [où j'avais écrit la première partie] du commentaire. Elle est attribuée au Maître et paraît être celle qu'il a visée. Aboû 'Obaïd el-Djoûzdjânî, en effet, a transmis, dans sa liste des œuvres du Maître, la mention d'une *Histoire de Salâmân et d'Absâl* [composée] par lui. Elle raconte, en résumé (1), que Salâmân et

du Vrai. Le délai pendant lequel on les laisse libres, c'est la durée du temps pendant lequel ils se livrent à ce [genre de vie]. Leur punition par la passion qu'ils ne peuvent satisfaire quoique réunis, c'est la persistance du désir dans l'âme malgré l'affaiblissement des facultés [et leur impuissance] à [accomplir] leurs actes, après l'âge du déclin. Le retour de Salâmân vers son père, c'est l'éveil du souci de la perfection et le repentir des occupations vaines. Leur chute volontaire à tous deux dans la mer, c'est leur chute dans la mort : pour le corps, par la dissolution des facultés et de l'organisme ; pour l'âme, par la séparation d'avec lui. Le salut de Salâmân, c'est la survivance de l'âme après le corps. La vision qu'a Salâmân de la forme de Vénus, c'est la joie que prend l'âme à se délecter des perfections intellectuelles. Son avènement au trône, c'est l'arrivée de l'âme à sa véritable perfection. Les deux pyramides qui durent à travers les siècles sont la *forme* et la *matière* corporelles ».

(1) *Tis'o raçâ'il*, p. ١٢٣, l. 19, à p. ١٢٣, l. 5 du bas. L'interprétation, qui fait suite, va, y compris la conclusion, jusqu'à la p. ١٢٥, l. 2. — Je

Absâl étaient deux frères utérins. Absâl était le plus jeune. Il fut élévé par son frère. Il était beau de visage, intelligent, instruit dans les lettres et les sciences, chaste et brave. Or, la femme de Salâmân s'éprit de lui et dit à Salâmân : « Fais-lui fréquenter ta famille, pour que tes enfants prennent modèle sur lui ». Salâmân l'y engagea. Mais Absâl refusa de fréquenter les femmes. Salâmân lui dit : « Ma femme est pour toi comme une mère ». Il vint donc chez eux. Elle le traita avec honneur. Au bout d'un certain temps, elle lui déclara, dans le tête-à-tête, sa passion pour lui. Absâl repoussa ces [avances], et elle comprit qu'il ne lui céderait pas. Elle dit à Salâmân : « Unis ton frère avec ma sœur »; et il la lui donna pour femme. Elle dit alors à sa sœur : « Je ne t'ai pas mariée à Absâl pour qu'il soit à toi seule, à mon détriment, mais pour le partager avec toi ». Et elle dit à Absâl : « Ma sœur est une vierge pudique. Ne consomme pas le mariage avec elle de jour, et ne lui parle qu'après qu'elle se sera accoutumée à toi ». La nuit des noces, la femme de Salâmân se coucha dans le lit de sa sœur. Absâl entra auprès d'elle; mais il ne la posséda pas. Elle s'empressa de serrer sa poitrine contre celle d'Absâl. Absâl eut un soupçon et se dit : « Les vierges aimantes ne font pas ainsi. Or le ciel, à ce moment, était nuageux. Un éclair brilla, dont la lumière éclaira le visage de la [femme]. Il la repoussa, sortit d'auprès d'elle, et se mit en devoir de la fuir. Il dit à Salâmân : « Je veux te conquérir des pays, car je le puis ». Il prit une armée, guerroya contre les peuples, et conquit des pays à son frère, sur terre et sur mer, à l'Orient et à l'Occident, sans reproche. Il soumit, avant Dhoû 'l-Qarnaïn (1), la surface de la terre. Lorsqu'il revint dans son pays, pensant qu'elle l'avait ou-

crois devoir donner *in extenso* ce conte, particulièrement important pour notre sujet, et qui, à ma connaissance, n'a jamais été traduit.

(1) Alexandre-le-Grand, surnommé par les Arabes *Dhoû 'l-Qarnaïn, l'homme aux deux cornes*, c'est-à-dire aux deux empires (d'Occident et d'Orient).

blié, reprise par la passion elle voulut l'embrasser. Mais il refusa et la repoussa.

Un ennemi s'étant montré, Salâmân envoya Absâl au devant de lui avec ses troupes. La femme, alors, distribua de grosses sommes aux chefs de l'armée pour l'abandonner sur le champ de bataille; ce qu'ils firent. Les ennemis le vainquirent, le blessèrent et le laissèrent pour mort. Une bête sauvage, qui nourrissait des petits, eut pitié de lui et lui donna le lait de ses mamelles. Il se nourrit ainsi, jusqu'à ce qu'il fût ranimé et rétabli. Il revint vers Salâmân..... (1) et il était affligé de la perte de son frère. Absâl le rejoignit. Il prit l'armée avec ses équipements, revint sur les ennemis, les dispersa, fit prisonniers la plupart d'entre eux, et valut la royauté à son frère.

Alors la femme s'entendit avec un cuisinier et un majordome, les soudoya, et ils versèrent à Absâl du poison. C'était un [homme] loyal, grand par le lignage et par le mérite, par la science et par l'action.

Son frère fut très affligé de sa mort. Il renonça à la royauté en faveur de l'un de ses alliés et [se mit à] prier Dieu avec ferveur. [Dieu] lui révéla clairement ce qui en était. Il fit boire à sa femme, au cuisinier et au majordome, le poison qu'ils avaient fait boire à son frère et ils moururent.

Voilà ce que contient l'histoire. En voici l'interprétation. Salâmân représente l'âme raisonnable. Absâl l'intellect spéculatif qui s'élève jusqu'à l'intellect acquis (2) : ce sont là les degrés de l'âme dans l'initiation, si elle s'élève graduellement vers la perfection. La femme de Salâmân est la faculté corporelle, encline au désir et à la colère, etc. (3).

(1) Je saute ici un groupe de quatre mots qui ne me paraît offrir aucun sens et qui doit contenir quelque altération.

(2) Cf. Maïmonide, *Guide des Égarés*, vol. I, la note de Munk au bas des pages 307-308.

(3) Bornons-nous à noter encore quelques traits de cette interprétation : « Le refus d'[Absâl], c'est l'intellect qui se retire vers son monde

« Cette interprétation, conclut avec raison notre commentateur, correspond à ce qu'a dit le [Maître]. Ce qui confirme qu'il a visé cette histoire c'est que, dans sa *Riçâla sur le Décret et l'Arrêt* (1), mentionnant l'histoire de Salâmân et d'Absâl, il fait allusion à l'éclair [jaillissant] du nuage sombre, qui fit voir à Absâl le visage de la femme de Salâmân, si bien qu'il se détourna d'elle (2). »

Voilà donc retrouvés les passages d'Ibn Sînâ qui ont fourni à notre romancier non seulement « les noms » de ses héros, mais, sauf retouches, leurs prototypes et, en outre, plusieurs éléments de son récit. C'est, à n'en pas douter, de la dernière histoire, qu'il a tiré les deux personnages du bon roi Salâmân et du chaste, du vertueux Absâl. C'est à l'allégorie d'Ibn Sînâ intitulée *Riçâla de Hayy ben Yaqdhân* qu'il a emprunté le principal personnage de son roman, personnification de l'Intellect actif. Pour ce qui est des circonstances de la fable, à peine

[propre] (p. ١٣٣, dern. l.)... L'éclair qui brille du [sein du] nuage sombre, c'est le ravissement divin qui dissipe les ténèbres tandis qu'on était absorbé par les choses périssables (p. ١٣٤, l. 3 et 4)... L'allaitement d'[Absâl] du lait d'une bête sauvage, c'est la perfection qui lui vient d'en haut, des [substances] séparées [de toute matière], à cause de cet état de stupéfaction » (il s'agit de l'extase) (p. ١٣٤, l. 11 et 12). Sur les *substances séparées*, voir par exemple *Hayy ben Yaqdhân*, trad. franç., p. 75, l. 19, à p. 76, l. 7; p. 93, l. 21, à p. 94, l. 15; p. 96, l. 5, à p. 99, l. 15; p. 99, l. 7 du bas, à p. 101, l. 15.

(1) Cf. *supra*, p. 71, l. 7 du bas et n. 3. — Le Décret et l'Arrêt, c'est-à-dire la Prédestination. Sur la traduction de ce titre *El qadhâ' wa 'l-qadar* (*Le Décret et l'Arrêt*), voir *Traité de la Prédestination et du Libre arbitre*, par le docteur Soufi 'Abd ar-Razzaq, traduction nouvelle, revue et corrigée par St. Guyard. Nogent-le-Rotrou, 1875, p. 6, n. 1. Le texte arabe de cet opuscule a été publié par St. Guyard sous ce titre : *Er-Riçâla fi 'l-qadhâ' wa 'l-qadar*, ou *Traité du Décret et de l'Arrêt divins* par le docteur Soufi 'Abd-ar-Razzaq. Paris, 1879. — Sauf quand on les trouve opposés l'un à l'autre, il n'y a pas grand inconvénient à traduire indifféremment *qadhâ'* et *qadar* par *Décret* divin, expression qui nous est familière.

(2) Il s'agit de la phrase d'Ibn Sînâ que nous avons citée plus haut (p. 72, l. 22 ; voir même page n. 1 et 2) : « Tout le monde n'a pas été doué de la continence de Joseph, à qui la beauté divine se montra, ni de la chasteté d'Absâl quand il fut averti par l'éclair de la lumière céleste ».

avons-nous pu noter au passage, dans ces deux morceaux d'Avicenne, un seul trait conservé par Ibn Thofaïl : je veux parler de la bête sauvage nourrissant du lait de ses mamelles le principal héros du récit. En revanche, il a fait plusieurs emprunts de ce genre à la première histoire, celle du jeune Salâmân et de sa nourrice Absâl : c'est dans une caverne que Hayy ben Yaqdhân se retire, à l'imitation du sage Aqlîqoûlâs, pour se livrer à l'ascétisme et s'entraîner à l'extase mystique. Il arrive à y jeûner, comme lui, pendant quarante jours consécutifs (1). Après quoi, il ne déjeune, lui aussi, que de quelques végétaux. Enfin, c'est la naissance du prince Salâmân fils du roi Harmânoûs, issu d'une racine de mandragore façonnée en forme de statue, *proles sine matre creata*, qui a manifestement inspiré à notre auteur l'idée d'une naissance *sans père ni mère* (2). Ce conte allégorique, nous le savons, n'est pas d'Avicenne. Mais on ne peut guère douter qu'Ibn Thofaïl ait connu le recueil des *Neuf riçâla* d'Avicenne tel que nous l'avons aujourd'hui, c'est-à-dire suivi du conte de Salâmân et de sa nourrice Absâl, ainsi que du commentaire d'Eth-Thoûcî, contenant, sous une forme résumée, la véritable histoire de Salâmân et Absâl par Ibn Sînâ. C'est là, sans doute, c'est dans ce recueil, portant le nom d'Ibn Sînâ, qu'Ibn Thofaïl a trouvé réunis tous ces éléments dont il a tiré parti dans son *Hayy ben Yaqdhân*.

Il nous reste à dire quelques mots d'un autre auteur dont l'influence n'a pu manquer de s'exercer directement

(1) Notons cependant que si ce dernier détail était isolé, il ne constituerait pas, à lui seul, la preuve d'un emprunt, car les quarante jours consécutifs de jeûne forment en quelque sorte, chez les auteurs çoûfis, un chiffre sacramentel.

(2) A signaler encore un autre rapprochement. Après qu'Aqlîqoûlâs, grâce aux ressources de son art, a su développer, au sein de la mandragore, le germe de Salâmân, le narrateur ajoute : « Il en résulta un organisme qui reçut la *forme* de l'âme directrice, et il devint un être humain complet ». Ibn Thofaïl se livrera, sur cette donnée, à certaines amplifications (*Hayy ben Yaqdhân*, trad. franç., p. 21, l. 19, à p. 26, l. 7 du bas).

sur Ibn Thofaïl pendant qu'il concevait l'idée de son roman. Nous voulons parler de son compatriote et contemporain plus âgé, Ibn Bâddja, et de son principal ouvrage (1) intitulé *Tadbîr el-motawahhid* (*Le régime du Solitaire*). Ibn Thofaïl, dans son Introduction (2), mentionne ce livre d'Ibn Bâddja. S'il néglige de signaler un tel emprunt, à côté de ceux qu'il reconnaît avoir faits à Ibn Sînâ, c'est qu'il s'agit moins, peut-être, d'un emprunt caractérisé, que d'une inspiration, d'une suggestion. Ce livre, demeuré inachevé, et d'ailleurs aujourd'hui perdu, ne nous est guère connu que par une longue analyse qu'en donne Moïse de Narbonne dans son commentaire hébreu du *Hayy ben Yaqdhân* d'Ibn Thofaïl (3), analyse que Munk reproduit presque intégralement, en traduction française, dans ses *Mélanges de philosophie juive et arabe* (4). Le solitaire dont parle Ibn Bâddja, à la différence de celui d'Ibn Thofaïl, n'a rien de commun, il est vrai, avec un Robinson. Il vit au milieu de ses semblables. Il recherche même la société de ses pareils, s'il en trouve, c'est-à-dire des hommes d'élite qui visent, comme lui, à la perfection absolue, à l'union finale avec l'Intellect actif. Mais avec eux ou sans eux, il doit, même en vivant au sein des villes, s'isoler (5) matériellement et moralement, autant que faire se peut, de la société du vulgaire, c'est-à-dire de tous les autres hommes, qui ne poursuivent pas le même but que lui (6). « Il nous semble, dit Munk (7), qu'Ibn Bâddja avait pour but de faire voir de quelle manière l'homme, par le seul moyen du développement successif de ses facultés,

(1) Munk, *Mélanges de philos. juive et arabe*, p. 388, l. 2.

(2) *Hayy ben Yaqdhân*, trad. franç., p. 9, l. 3 du bas.

(3) Voir plus haut, pp. 48 à 50.

(4) P. 389 à p. 409.

(5) Tel est le sens exact du verbe de la 5e forme *tawahhada*, dont on traduit par *solitaire* le participe actif *motawahhid* : littéralement *celui qui s'isole*.

(6) Munk, ouvr. cité, p. 402, l. 1, à p. 403, l. 17.

(7) *Ibid.*, p. 388, l. 20.

peut arriver à s'identifier avec l'intellect actif. Il considère l'homme isolé de la société... » Il y avait là une idée originale, qu'Ibn Thofaïl a trouvée dans le livre d'Ibn Bâddja, et qu'il n'a pu trouver dans un ouvrage plus ancien, du moins avec les développements que lui donne Ibn Bâddja, puisqu'au témoignage d'Ibn Rochd, cet auteur « est le seul qui ait traité ce sujet, et aucun de ceux qui l'ont précédé ne l'a devancé sur ce point » (1). Notons cependant, sans pour cela mettre en question l'originalité d'Ibn Bâddja, attestée par Ibn Rochd, que l'idée d'une intelligence humaine parvenant à sa pleine maturité par la seule réflexion individuelle sur les données de l'expérience, en dehors de toute tradition, de tout enseignement philosophique ou religieux, était, dans l'Orient musulman, au temps des prédécesseurs d'Ibn Bâddja, une idée qui flottait dans l'air. Mais ce n'était encore qu'un germe volant : il lui restait à prendre terre et à recevoir divers développements, entre les mains d'Ibn Bâddja d'abord puis d'Ibn Thofaïl. Je n'en veux pour preuve que le passage suivant d'Ibn Sînâ : Avicenne vient de dire que certaines représentations imaginatives s'imposent fortement à l'esprit. Les unes sont vraies, d'autres vaines. Ces dernières ne sont infirmées que par la raison, et une fois infirmées, elles ne disparaissent pas de l'imagination. C'est pourquoi elles ne se distinguent pas, au premier abord, des [nécessités] premières de la raison; car, quand nous en appelons au témoignage de la *disposition naturelle* (2), elle rend le même témoignage que pour les [nécessités] rationnelles. « Voici, ajoute alors Ibn Sînâ (3), ce que signifie la *dispo-*

(1) Ibn Rochd. *Traité de l'Intellect hylique* ou *de la Possibilité de la Conjonction* [entre l'Intellect humain et l'Intellect actif], à la fin du traité (Cité par Munk, *ibid.*, p. 388, l. 3 et l. 9).

(2) فطرة *fithra*, peut se traduire par « esprit, lumière naturelle, disposition naturelle ». Vattier le traduit par « pensée ».

(3) *Kitâb en-nadjât* (*Le livre de la délivrance*), éd. de Rome 1593, première partie : *La logique*, p. ١٦, l. 22. Cf. la traduction du même par P. Vattier sous ce titre : *La logique du fils de Sina, communément appelé*

sition naturelle. Un homme suppose qu'il est venu au monde tout d'un coup, à l'âge adulte, capable de raisonner, sans avoir ouï parler d'aucune opinion, sans avoir fait partie d'aucune secte, sans avoir fréquenté aucune société, sans avoir connu aucun ordre établi, mais percevant les choses sensibles et tirant d'elles ses états de conscience », et Ibn Sînâ poursuit son développement sur la rectification, par la raison, des représentations imaginatives (1). Ne voilà-t-il pas, bien nettement énoncée, l'idée que reprendront tour à tour, un siècle et un siècle et demi plus tard, à l'autre extrémité du monde musulman, Ibn Bâddja et Ibn Thofaïl? Mais elle est jetée en passant, à propos d'une question de logique. Ibn Bâddja en fait, au contraire, en la transformant notablement d'ailleurs, l'idée maîtresse de son principal ouvrage. C'est donc, à n'en pas douter, ce livre d'Ibn Bâddja, bien connu d'Ibn Thofaïl, qui lui a suggéré l'idée de son *philosophe solitaire*, trou-

Avicenne. Paris, 1658, p. 188, dern. l. Nous traduisons à nouveau ce passage, qui perdrait en netteté à être cité dans le style et la terminologie archaïques de Vattier.

(1) L'ensemble de ce développement est vraiment digne de remarque. C'est pourquoi, bien qu'il n'intéresse pas très directement notre objet actuel, nous ne pouvons guère nous dispenser de le compléter ici : « Puis, continue Ibn Sînâ, il propose une chose à son esprit et la met en doute. Si alors le doute lui est possible, la disposition naturelle n'en rend point témoignage. Si le doute ne lui est pas possible, c'est là une chose nécessaire de par la disposition naturelle. Tout ce qui est nécessaire de par la disposition naturelle d'un homme n'est pas vrai : il y a beaucoup de faux. Il n'y a de vrai que la faculté naturelle appelée raison. Quant à la disposition naturelle de l'esprit en général, elle est souvent trompeuse... » J'ai signalé autrefois, dans une autobiographie d'El-Ghazâlî qui n'est pas sans quelque analogie avec le *Discours de la Méthode*, l'existence du doute méthodique de Descartes (cf. *supra*, p. 28). Le présent passage du *Kitâb en-nadjât*, qui, bien que traduit en français depuis 1658, semble avoir échappé, lui aussi, à tous les historiens de la philosophie, nous montre maintenant l'essentiel du doute cartésien, l'impossibilité pour la raison individuelle de douter prise pour criterium de la vérité, dans la Logique d'Ibn Sînâ (m. en 1037), antérieur de près d'un siècle à El-Ghazâlî (m. en 1111). — Ce n'est pas ici le lieu d'examiner si Descartes a pu et dû connaître, directement ou indirectement, ces antécédents de sa doctrine.

vant dans la solitude même le meilleur et même l'unique moyen d'arriver à la pleine réalisation du souverain bien de l'homme, à savoir l'union avec l'Intellect actif. Mais le solitaire d'Ibn Thofaïl, solitaire pour tout de bon, offrira un relief autrement saisissant que celui de son vague et pâle modèle. Ibn Thofaïl est toujours original dans ses emprunts. Tout ce dont il s'empare, il le transforme; et ces tranformations sont toujours heureuses, parce qu'elles n'apparaissent jamais que comme des conséquences imposées par le développement logique de la thèse qui sert à son œuvre d'idée directrice et organisatrice.

Nous sommes maintenant en mesure de reconstituer, telle qu'elle a dû se produire dans la pensée de notre auteur, la genèse du *Hayy ben Yaqdhân*.

Le livre, nous l'avons montré, a pour objet essentiel la question de l'accord entre la religion, principalement la religion musulmane, et la philosophie des falâcifa. Or, la philosophie, suprême effort de la raison humaine, ne saurait être mieux symbolisée que par le personnage allégorique de Hayy ben Yaqdhân, qui représente, comme l'indique son nom (1), l'incarnation dans l'homme de l'Intellect actif. Pour personnifier, dans sa plénitude, la raison humaine, indépendante de toute autorité, de toute tradition, c'est dans la solitude, comme le voulait Ibn Bâddja, mais dans une solitude réelle et complète, que notre héros devra naître et se former. Il devra naître sans mère, comme Salâmân fils d'Harmânoûs, mais aussi sans père, dans une île déserte au climat toujours égal. Nourri du lait d'une gazelle, il grandira loin des hommes, seul au milieu de la nature, et des animaux, ces enfants de la nature, réduit à l'expérience personnelle et au raisonnement. Philosophe « autodidacte » dans toute la force du terme, il s'élèvera successivement à la science, puis à la philosophie spéculative, enfin à l'ascétisme et à l'extase; et ici prendront

(1) Voir plus haut, p. 70, l. 14, et l. 6 du bas à dern. l.

place certains détails tirés des pratiques du sage Aqlîqoûlâs : l'isolement dans une caverne, les quarante jours de jeûne, le végétarianisme.

A la raison s'oppose la tradition, à la philosophie la religion. Mais la religion peut s'offrir sous deux formes : Une religion plus ou moins étroite, attachée à la lettre, ennemie de toute interprétation, hostile à la philosophie et à la raison ; une religion ouverte, amie de la spéculation, disposée à concilier, par une large interprétation des textes obscurs, la tradition et la raison, la religion et la philosophie. Ce que l'auteur veut mettre en évidence, c'est, d'une part, l'accord fondamental de la raison et de la révélation prophétique, expressions différentes d'une seule et même vérité, enveloppée de symboles dans la révélation, brillant du plus pur éclat dans la connaissance rationnelle, en sorte que les textes obscurs de la révélation trouvent dans la philosophie et dans elle seule, leur interprétation définitive et adéquate. C'est, d'autre part, l'impossibilité, pour le philosophe, de parvenir à illuminer de la pure lumière de la raison la foi obscure des dévots de la première espèce, c'est-à-dire du grand nombre, du vulgaire, et par suite, s'il tentait néanmoins de les éclairer, le danger de leur ôter, sans aucun profit, l'utile frein de la croyance aveugle et machinale. Une fois donc en possession de la science totale, de la sagesse intégrale, Hayy ben Yaqdhân devra entrer en relation successivement avec deux autres personnages symboliques, représentant l'un cette religion libérale et éclairée, l'autre cette religion sincère mais étroite : le premier sera le pieux et intelligent Absâl ou, comme Ibn Thofaïl écrit son nom, Açâl (1), le second,

(1) Par la suppression d'une lettre, Ibn Thofaïl transforme en اسال (Açâl) le nom d'ابسال (Absâl). Quelle peut être la raison de cette altération ? Il est aisé de comprendre pourquoi il conserve sans modification les noms de ses deux autres personnages : Hayy ben Yaqdhân convenait parfaitement, nous l'avons vu (p. 89, l. 17 à l. 22 et n. 1), pour désigner l'intellect humain, issu, par voie d'émanation, de l'Intellect divin. *Salâma* (سلامة), en arabe, signifie *salut*, et s'applique, en particulier, au

l'honnête roi Salâmân, empruntés l'un et l'autre au conte d'Ibn Sînâ. Puisque l'île de Hayy est inhabitée, tous deux seront originaires d'une île voisine. Le pieux rationaliste, fuyant les préjugés et le traditionalisme étroit de ses compatriotes, devra venir chercher la solitude dans l'île déserte, afin d'y prier et d'y méditer en paix. Sa rencontre avec Hayy sera celle de la religion vraie et de la philosophie, qui ne tarderont pas à reconnaître leur accord fondamental. Ce premier point de doctrine ainsi établi, reste à prouver à son tour le second point : l'irrémédiable aveuglement du vulgaire, son incapacité absolue de toute interprétation philosophique des dogmes religieux. Il faudra donc transporter dans l'île habitée cette couple d'amis, symbole de l'union essentielle des deux entités qu'ils re-

salut éternel. Salâmân (سلامان) sera donc l'homme du salut, celui qui professe et pratique sa religion dans la mesure nécessaire pour être sauvé (Voir plus haut, p. 79, n. 1). La signification du troisième nom, sous ses deux formes, Absâl et Açâl, est moins facile à déterminer, et par suite aussi la raison du changement opéré par notre auteur. « ابسال nous dit Eth-Thoûcî dans le commentaire dont nous avons déjà tant tiré parti (il faut vocaliser évidemment *ibsâl*, nom d'action de la 4e forme, et non Absâl), est *l'action de livrer* : tu *livres* quelqu'un quand tu l'abandonnes au trépas ou que tu le donnes en gage [Le texte des *Tis'o raçâ'il* porte او رهقته qui pourrait signifier seulement « ou que tu le fais périr ». M. Mehren (*Traités mystiques d'Avic.*, fasc. II, p. ١٠, avant-dern. l.) a lu اي رهنته « c'est-à-dire que tu le donnes en gage ». Je propose de lire, en combinant les deux leçons : او رهنته « ou que tu le donnes en gage »]. Le *basl* est une prison et un abri, ou une place forte » (*Tis'o raçâ'il*, p. ١١٩, l. 17). L'embarras du commentateur est manifeste. Le nôtre est presque aussi grand. Notons cependant que la racine بسل B S L implique l'idée d'emprisonnement, d'entrave, d'interdiction, d'*austérité*. Peut-être Ibn Thofaïl a-t-il jugé que l'idée d'*austérité*, adéquate au personnage d'Ibn Sina, n'eût point désigné par son caractère le plus essentiel le second personnage de son propre roman. Peut-être est-ce pour cette raison qu'à la racine B S L il a substitué, par un léger changement, la racine A S L qui implique l'idée de *ressemblance*, de *conformité*. On dit couramment en arabe هو على اسال ابيه houa 'alâ *açâli* abîhi « il *ressemble* à son père » (voir les dictionnaires). Açâl serait donc l'homme de la *conformité*, de l'imitation, de la *tradition*, en face de Hayy ben Yaqdhân, l'homme de la *raison*, et de Salâmân, l'homme du *salut*

présentent; il faudra nous les montrer prêchant la grande vérité qu'ils viennent de découvrir, non pas à la vile multitude, mais à l'élite du vulgaire, représentée par le bon roi Salâmân entouré de ses honnêtes compagnons, — hommes d'une intelligence plus que moyenne, croyants d'une piété réelle, mais adonnés aux affaires de ce monde — et nous faire assister à leur échec. Après quoi, revenus de leurs illusions, ils retourneront chercher dans leur île, jusqu'à leur mort, la solitude nécessaire aux méditations transcendantes.

Telle a été manifestement, dans l'esprit d'Ibn Thofaïl, la genèse de son roman philosophique. Nous pouvons apprécier maintenant l'originalité de cette œuvre.

« De tous les monuments de la philosophie arabe, a dit Renan parlant du *Hayy ben Yaqdhân*, c'est peut-être le seul qui puisse nous offrir plus qu'un intérêt historique (1). » Si l'illustre critique entend par là qu'entre toutes les œuvres des falâcifa, le livre d'Ibn Thofaïl offre seul quelque originalité philosophique, nous ne saurions accepter ce jugement que sous d'expresses réserves (2). Mais s'il veut dire

(1) Renan, *Averr. et l'averr.*, 3e éd., p. 99, l. 23 (la première éd. porte : « nous offrir autre chose qu'un intérêt historique »).

(2) Telle était, sans doute, la pensée de Renan, lorsqu'en 1852 il écrivait, pour la première fois, cette phrase, dans la première édition de sa thèse de doctorat ès-lettres : *Averr. et l'averr.*, p. 75, l. 6 du bas. (Voir la Préface de la première édition pour le sens qu'il donne à l'expression « intérêt historique ».) Cette phrase figure encore dans la troisième édition, qui est de 1866. Mais à cette époque, l'auteur l'eût plutôt interprétée, croyons-nous, dans le sens que nous lui donnons ci-après. Car dans l'Avertissement de cette troisième édition, il reconnaît, en toute franchise, avoir jusque là sous-estimé la valeur, l'originalité de la philosophie musulmane. « Il est très vrai, écrit-il alors, qu'en se développant sur un fond traditionnel, la philosophie arabe arriva, surtout au XIe et au XIIe siècle, à *une vraie originalité*. Ici je suis prêt à faire quelques concessions (aux observations de Henri Ritter). Quand je me suis remis à suivre, après un intervalle de dix années, les traces de ce beau mouvement d'études, j'ai trouvé que le rang que je lui avais attribué était plutôt *au-dessous* qu'au-dessus *de celui qu'il mérite*. Ibn Rochd en particulier, a plutôt grandi que diminué à mes yeux » (3e *éd.*, p. II, av.-dern. l.). Voir au surplus, sur ce point, notre thèse intitulée : *La théorie d'Ibn*

que, tout en satisfaisant à la rigueur logique, ce conte, scientifique, métaphysique et mystique, tranche par l'intérêt du récit, par la fraîcheur de l'imagination, par l'art consommé de la composition et du style, sur toute cette littérature philosophique, tantôt sèchement dialectique, tantôt allégorique et alambiquée, nous ne pouvons que souscrire sans restriction à cet éloge du roman d'Ibn Thofaïl.

Aux froides abstractions d'Ibn Sînâ, gauchement étiquetées d'un nom d'homme, mais dépourvues de chair et de sang, notre auteur a su communiquer, dans la mesure nécessaire pour ne pas rejeter le développement philosophique à l'arrière-plan, le mouvement et la vie. Ses trois personnages principaux ont toute la réalité sensible que peut comporter la personnification de l'Intellect actif, de la Foi éclairée, de la Croyance machinale. Ils sentent, ils veulent, ils agissent; ils doutent, raisonnent, découvrent, se trompent, et corrigent leurs erreurs, par la grâce du Dieu Très-Haut. C'est en cela surtout que consiste l'originalité d'Ibn Thofaïl et sa supériorité sur ses pairs, en particulier sur son modèle Ibn Sînâ : c'est que seul parmi les auteurs arabes d'allégories philosophiques, il a su garder la juste mesure, tenir la balance égale entre les deux genres dont l'union constitue une allégorie de cette sorte, entre la dissertation et le roman; seul il a su donner à un développement philosophique parfaitement enchaîné dans toutes ses parties, et d'une grande clarté dialectique, la forme extérieure d'un récit simple, naturel et intéressant.

L'originalité d'Ibn Thofaïl apparaît en second lieu dans l'invention du récit. A peine emprunte-t-il à ses devanciers, en les transformant de la plus heureuse façon pour les faire entrer dans un cadre tout nouveau, quelques éléments épars. C'est un mérite dont il a pleinement cons-

Roohd (Averroès) sur les rapports de la religion et de la philosophie, chap. III, 2° alinéa.

cience, qu'il a soin de faire valoir, et auquel il semble attacher plus de prix qu'au premier. Il paraît faire bon marché, en effet, par pure modestie sans doute, de l'habile composition de son ouvrage : « Pour moi, dit-il en terminant, je prie mes frères qui liront ce traité de vouloir bien m'accorder leur indulgence pour mon laisser-aller dans l'exposition et ma liberté dans la démonstration. Je ne suis tombé dans ces défauts que parce que je m'élevais à des hauteurs où le regard ne saurait atteindre, et voulais en donner des notions approximatives, afin d'inspirer un ardent désir d'entrer dans la voie » (1). En somme, s'il demande excuse, est-ce bien pour lui-même ? N'est-ce pas plutôt pour le genre qu'il a cru devoir adopter et que lui imposait son dessein de vulgarisation ? Le genre admis, il y excelle. Toujours est-il qu'il ne fait rien pour mettre en lumière ce mérite, dont l'éclat, d'ailleurs, ne pouvait échapper à personne. Au contraire, comme les noms connus de ses personnages induisaient à penser qu'il avait peut-être emprunté de toutes pièces à l'inépuisable trésor des vieux contes arabes, en la chargeant simplement de détails philosophiques, l'histoire qu'il racontait ; comme on pouvait le croire sur parole quand il la donnait lui-même pour une tradition, vénérable par son ancienneté (2), il a pris soin, pour prévenir toute équivoque, d'en revendiquer la paternité au début et à la fin du livre : « Je vais, dit-il en terminant son Introduction, te raconter l'histoire de Hayy ben Yaqdhân, d'Açâl et de Salâmân, qui ont reçu *leurs noms* du Cheikh Aboû ʿAlî [Ibn Sînâ] (3) ». Et dans la conclusion de l'ouvrage : « Ce livre comprend beaucoup de choses qui ne se trouvent dans aucun livre et qu'on ne peut entendre dans aucun des récits qui ont cours » (4).

Son style, enfin, est hors de pair. Le ton ne s'écarte ja-

(1) *Hayy ben Yaqdhân*, trad. franç., p. 117, l. 3 du bas.
(2) Voir plus haut, p. 68, n. 3, à la fin.
(3) *Hayy ben Yaqdhân*, trad. franç., p. 16, l. 3.
(4) *Ibid.*, trad. franç., p. 117, l. 2.

mais d'une noble simplicité. La phrase est courte, alerte, d'une correction absolue, d'une élégance parfaite, d'une lumineuse clarté. C'est une justice à rendre aux philosophes arabes : leur langue, en général, est claire, précise, et développe leur pensée suivant un ordre rigoureusement logique. Les causes d'obscurité qu'on y peut relever ne leur sont point personnellement imputables : elles proviennent des défauts généraux que la langue arabe mêle à ses indéniables qualités : Sens un peu vague des quelques particules qui marquent les rapports entre les propositions ou les phrases; manque d'aptitude relatif de la construction syntactique à subordonner les propositions les unes aux autres au sein de la phrase arabe, suivant des rapports variés, en une hiérarchie de propositions harmonieusement ordonnée; suppression, dans l'écriture, de toutes les voyelles ; absence totale de ponctuation, etc. On ne peut néanmoins reprocher, en général, aux livres des philosophes arabes, les divers genres d'obscurité qu'on regrette de rencontrer, par exemple, dans les écrits d'un Héraclite, d'un Aristote, d'un Kant ou d'un Maine de Biran. Je ne parle point des mystiques arabes non-philosophes, dont la pensée nébuleuse se traduit trop souvent en un véritable fatras, mais qui ne relèvent que de la religion, ni même de la partie purement mystique de la philosophie, qui chez certains philosophes musulmans ne pèche point, assurément, par un excès de clarté. Tant qu'ils raisonnent en dialecticiens, en spéculatifs, les falâcifa sont généralement très clairs. Mais, par son exagération, ce souci de la clarté logique, de l'enchaînement dialectique, ne peut manquer de rendre souvent le discours fastidieux : le désir de ne sous-entendre aucune prémisse, de n'omettre aucune articulation du raisonnement, entraîne le dialecticien à charger sa phrase d'incidentes, de parenthèses, qui l'allongent, l'alourdissent et la déforment. Tous les falâcifa tombent plus ou moins dans ces défauts. Ibn Thofaïl seul y échappe. Son style arabe, comparé à celui d'Ibn Rochd, par exemple, est à peu près comme le style philosophique de Voltaire comparé au style français de Descartes ou bien encore au style latin d'un de nos philosophes scolastiques.

Si donc il fallait indiquer à des étudiants orientalistes un modèle à imiter de style philosophique arabe, nous désignerions sans hésiter le style d'Ibn Thofaïl, c'est-à-dire du *Hayy ben Yaqdhân*. S'il fallait leur choisir, en outre, le meilleur ouvrage arabe à lire pour prendre, au prix d'un minimum de temps et de peine, une idée d'ensemble de la philosophie musulmane, et de la science arabe dont elle fait la synthèse, nous leur nommerions encore, sans balancer, le *Hayy ben Yaqdhân* d'Ibn Thofaïl. Disons, en un mot, qu'Ibn Thofaïl est à tous égards, dans la pléiade des falâcifa, par ses qualités de fond comme par ses qualités de forme, le modèle des vulgarisateurs. Et ce n'est pas là un faible mérite, dans un cénacle de philosophes où la grande originalité fait défaut, où l'on considérait la science, en particulier la philosophie, comme à peu près fixée depuis Aristote et ses commentateurs alexandrins, où il ne s'agissait plus guère que de la parachever dans le détail et surtout de la mieux exposer, où le principal titre de gloire d'Averroès, le dernier et le plus illustre des grands falâcifa, fut et demeura, aux yeux de la scolastique chrétienne, que dis-je ? demeure encore aux yeux de Renan lui-même (1), le magistral ensemble de ses commentaires d'Aristote.

Aussi notre auteur ne songe-t-il point à réclamer pour le fond même des doctrines qu'il expose de si ingénieuse façon, le mérite de l'originalité. « Nous n'avons pu, quant à nous, dit-il vers la fin de son Introduction, dégager la vérité à laquelle nous sommes arrivé, et qui est le terme

(1) Voir notre thèse intitulée : *La théorie d'Ibn Rochd (Averroès) sur les rapp. de la relig. et de la philos.*, dans la Conclusion, à la fin du second alinéa.

de notre science, qu'en étudiant avec soin les paroles du Cheikh Aboû Hâmid [El-Ghazâlî] et celles du Cheikh Aboû 'Alî [Ibn Sînâ], en les rapprochant les unes des autres, et en les joignant aux opinions émises de notre temps et embrassées avec ardeur par certains adeptes de la philosophie (1). C'est ainsi que nous avons découvert d'abord la vérité par la voie de l'investigation spéculative. Puis, nous en avons perçu récemment ce léger *goût* (2) par l'intuition [extatique] (3). » *Découvrir la vérité par la voie spéculative*, ce n'est pour lui rien de plus, on le voit, qu'arriver à comprendre, *en rapprochant leurs paroles les unes des autres*, la doctrine, supposée une, de ses prédécesseurs (4).

Quant à l'intuition extatique, couronnement de l'étude spéculative aux yeux des falâcifa, est-ce bien tout de bon qu'Ibn Thofaïl affirme en avoir perçu le premier degré? En d'autres termes, parle-t-il de l'extase en véritable mystique, décrivant d'après son expérience personnelle, autant que le permet la parole humaine, des états qu'il a éprouvés, des intuitions qu'il croit avoir eues? Ou bien ne faut-il voir

(1) Il est difficile de ne pas voir dans ce passage une allusion à Ibn Bâddja.

(2) ذوق *dhoûq*. Voir, sur le sens de ce terme technique, *Hayy ben Yaqdhân*, trad. franç., p. 3, n. 1.

(3) *Hayy ben Yaqdhân*, trad. franç., p. 14, l. 23.

(4) On chercherait en vain, dans tout l'ouvrage, la moindre allusion au désaccord fondamental, au dissentiment aigu qui, sur tant de points essentiels, sépare El-Ghazâlî de tous les falâcifa, et qui éclate dans la polémique des deux *Tahâfot* : le *Tahâfot el-falâcifa* (*L'effondrement des falâcifa*) d'El-Ghazâlî, dirigé particulièrement contre El-Farâbî *et Ibn Sînâ*, et le *Tahâfot et-tahâfot* (*L'effondrement de l'* « *Effondrement* ») d'Ibn Rochd, réfutation en règle du *Tahâfot* d'El-Ghazâlî. [Sur le titre de ces deux ouvrages, voir une longue note dans notre thèse intitulée : *La théorie d'Ibn Rochd* (*Averroès*) *sur les rapports de la religion et de la philosophie*, p. 99, n. 1]. Ibn Thofaïl signale bien, dans son Introduction (trad. franç., p. 12, l. 6 à l. 10), l'accusation d'*infidélité* portée par l'auteur du *Tahâfot* contre les falâcifa, mais il ne veut y voir qu'une énonciation purement exotérique d'El-Ghazâlî, dont il considère la doctrine ésotérique comme identique, au fond, à celle de tous les falâcifa (*Ibid.*, trad. franç., p. 12, l. 10, à p. 14, l. 22).

là encore qu'un simple artifice d'exposition? ce qui achèverait d'ôter à Ibn Thofaïl, pour le fond des doctrines, toute originalité véritable. Force nous est de terminer sur ce point d'interrogation, le cadre du présent travail n'embrassant pas l'étude des doctrines philosophiques d'Ibn Thofaïl. Pour répondre à cette question, il faudrait avoir étudié de près la partie mystique du système qu'il expose, et l'avoir confrontée avec ce que nous pouvons savoir des doctrines correspondantes de ses prédécesseurs.

APPENDICES

APPENDICE I

Résumé
du roman philosophique d'Ibn Thofaïl intitulé :
Riçâlâ de Hayy ben Yaqdhân
ou Secrets de la philosophie illuminative.

L'ouvrage débute par une Introduction [pp. 1 à 16].

S'adressant à un correspondant qui lui aurait demandé de lui révéler ce qu'il pourrait des « secrets de la philosophie illuminative » (c'est-à-dire mystique, extatique, et par conséquent ésotérique), dévoilés par Ibn Sînâ, l'auteur commence par l'avertir que l'intuition extatique ne laisse pas d'offrir quelque danger pour celui qui s'y livre sans une suffisante préparation spéculative : car il se figure ensuite s'être identifié pendant un instant avec la divinité, n'avoir fait qu'un avec Dieu, être lui-même devenu Dieu [pp. 1 et 2].

Puis il s'attache à distinguer cette connaissance intuitive de la connaissance spéculative, discursive, obtenue par le raisonnement. Science spéculative et intuition mystique ont même objet (à savoir, la perception des réalités suprasensibles par l'union avec l'Intellect actif); mais la dernière en donne une connaissance plus vive, qui produit une plus grande allégresse. Ibn Thofaïl les compare aux deux états successifs d'un aveugle-né, avant et après la guérison de son infirmité [p. 3 à p. 7, l. 20]. La première seule, fragmentaire et inadéquate, peut s'exprimer par des mots, s'exposer dans un livre. Mais elle est plus rare que la pierre philosophale, surtout en Andalousie, où c'est à peine si un homme par génération en recueille quelques parcelles [p. 7, l. 10 du bas, à p. 8, l. 4 du bas].

A l'appui de cette affirmation, l'auteur esquisse un rapide exposé du développement successif, en Andalousie, des sciences mathématiques, logiques, et philosophiques. Il nous donne des renseignements très précieux sur les livres de philosophie qu'on y trouve, soit qu'ils y aient été composés (ceux d'Ibn Bâddja), soit qu'ils y aient été importés d'Orient (ceux d'Aristote, d'El-Fârâbî, d'Ibn Sînâ, d'El-Ghazâlî). Il en montre l'insuffisance, et par de nombreux exemples il en fait toucher du doigt les obscurités, les contradictions, qu'il attribue surtout au caractère plus ou moins exotérique de toutes ces œuvres [pp. 9 à 14].

Quant à lui, il n'a pu, dit-il, dégager ce qu'il sait de la vérité, qu'en rapprochant soigneusement les unes des autres les paroles d'Ibn Sînâ, d'El-Ghazâlî et de certains contemporains, puis en complétant cette éducation spéculative par une certaine pratique de l'intuition extatique [p. 14 au bas].

Pour satisfaire à la demande de son ami, pour lui donner quelque notion spéculative de ces secrets sublimes et l'engager ainsi à cultiver l'extase, seul moyen d'en acquérir une connaissance parfaite, il va lui conter l'histoire de Hayy ben Yaqdhân, d'Açâl et de Salâmân [p. 15 et p. 16 au haut].

Touchant la naissance de Hayy ben Yaqdhân, Ibn Thofaïl donne au lecteur le choix entre deux versions. Suivant la première, son héros serait né dans une île déserte de l'Inde, située sous l'équateur, sans mère ni père, du sein de l'argile en fermentation. L'auteur explique longuement que du fait de sa position géographique, cette île jouit du climat le mieux tempéré (par conséquent le plus favorable en l'espèce) qui puisse exister à la surface de la terre [p. 16, au bas, à p. 19, l. 9 du bas]. D'après la seconde version, Hayy serait le fils d'une princesse, habitant une grande île peuplée voisine de l'île déserte, et qui, pour le soustraire à la mort, a dû le confier aux flots en un coffre soigneusement fermé. Un courant marin le transporte en une nuit jusqu'à l'île inhabitée. Jeté sur le rivage, le coffre s'entr'ouvre sous le choc [p. 19, l. 8 du bas, à p. 21, l. 5]. De leur côté, les partisans de la première version ont soin de décrire minutieusement les phases successives que traverse la génération spontanée de cet embryon humain au sein de l'argile en travail, depuis l'apparition d'une première bulle gazeuse d'où se formera le cœur et à laquelle vient aussitôt se joindre l'âme, jusqu'à l'expulsion finale du fœtus arrivé à terme [p. 21, l. 11 du bas, à p. 26, l. 7 du bas]. A remarquer, au cours de cette curieuse description, une longue et belle comparaison entre le rayonnement continu, sur tous les corps, de la lumière, qui émane du Soleil, et de l'Ame, qui émane de Dieu, double rayonnement qui produit dans les diverses classes de corps une double échelle de qualités et fonctions, physiques d'une part, psychiques de l'autre.

A partir de ce moment, les deux versions coïncident. Une gazelle, qui a perdu son faon, accourt aux cris du petit garçon, l'adopte, le nourrit de son lait, et l'élève comme une tendre mère [p. 21, l. 5 à l. 18; et p. 26, l. 7 du bas, à p. 27, l. 7 du bas]. L'enfant grandit. Doué d'une intelligence supérieure, il observe, réfléchit, sait ingénieusement pourvoir à tous ses besoins, trouve le moyen de se vêtir, de se loger, plus tard même de domestiquer, de dresser des animaux sauvages, de s'entourer enfin d'un certain confort [p. 27, l. 7 du bas, à p. 30, l. 13; p. 38, l. 13 à l. 21; p. 42, l. 6, à p. 43, l. 11 du bas].

Mais sa mère la gazelle vient à mourir. Affolé, voulant la délivrer du mal qui la rend inerte, il se décide, par un curieux raisonnement, à lui ouvrir la poitrine, pour y trouver le siège de l'âme, principe de la vie. Il arrive à se convaincre que l'âme devait avoir eu pour logement l'un des compartiments du cœur, qu'il aperçoit vide de sang, mais qu'elle est partie sans retour [p. 30, l. 14, à p. 35, l. 9 du bas]. Il enterre le corps, et concentre uniquement sur l'âme, auquel le corps n'avait servi que d'instrument, son amour et ses réflexions [p. 35, l. 8 du bas, à p. 37, au haut].

Le feu ayant pris dans des broussailles par voie de frottement, Hayy emporte un tison allumé ; dans une caverne qui lui sert maintenant de demeure, il entretient un foyer jour et nuit. Il étudie les propriétés de la flamme, qu'il admire; et constatant d'une part sa tendance vers le haut, de l'autre sa chaleur, il se persuade qu'elle est apparentée d'un côté aux corps célestes, de l'autre à l'âme, principe de la chaleur vitale [p. 37, l. 13, à p. 38, dern. l.]. Pour voir si l'âme possède en effet, comme le feu, lumière et chaleur, il ouvre le cœur d'un animal vivant, et dans la cavité qu'il avait trouvée vide chez la gazelle morte, il aperçoit un air vaporeux, blanchâtre, si chaud qu'en y introduisant le doigt il manque de se brûler; et l'animal meurt à l'instant. Il vient de découvrir l'âme animale, principe sinon de lumière du moins de chaleur obscure et de vie [p. 38, dern. l., à p. 39, l. 17]. Curieux de savoir comment cette chaleur s'entretient, se conserve, et donne la vie à tous les organes, il multiplie les dissections, les vivisections, et acquiert une science égale à celle des plus grands naturalistes. Il reconnaît que ce qui fait l'unité de l'organisme malgré la multiplicité de ses parties, la variété de ses sensations et de ses mouvements, c'est cet *esprit* animal, qui rayonne d'un centre unique, se sert des membres ou organes comme d'autant d'instruments, et utilise chacun d'eux pour une fonction déterminée (suit une théorie des *esprits animaux*) [p. 39, l. 18, à p. 42, l. 5].

Hayy, alors âgé de 21 ans, aborde ensuite un autre ordre de considérations (de la physique, dont la théorie de l'âme animale fait partie, il va passer à la métaphysique). Examinant tous les êtres corporels qui existent dans le monde de la génération et de la corruption, animaux, plantes, minéraux, Hayy ben Yaqdhân voit qu'ils constituent, tous ensemble, et chacun en particulier, une multiplicité infinie de parties et d'actions. Mais à un autre point de vue, ils se ramènent à l'unité : Car en chaque animal les parties se tiennent, forment un tout unique, et la diversité de leurs fonctions, de leurs actions, ne leur vient que de l'esprit animal, qui est *un* en essence. De même pour chaque espèce animale : l'esprit qui en anime les divers individus, et qui produit en chacun d'eux des actions diverses, est *un* essentiellement. Poursuivant l'application de ce procédé (platonicien), Hayy réduit successivement à l'unité le règne animal, le règne végétal, et les deux ensemble, puis les corps bruts, et enfin tous les êtres corporels sans exception [p. 43, l. 10 du bas, à p. 47, l. 11 du bas]. Il parvient ainsi à la notion générale de corps, étendu suivant les trois dimensions. — Le corps étendu lui apparaît donc tantôt comme un, tantôt comme infiniment multiple [p. 47, l. 10 du bas, à p. 48, l. 19].

Il cherche alors ce qui constitue la nature du corps en tant que corps [p. 49, l. 21 et 22], l'*essence* du corps. Les corps sont les uns lourds, c'est-à-dire qu'ils tendent vers le bas, les autres légers, c'est-à-dire qu'ils tendent vers le haut. Mais ces deux attributs n'appartiennent point au corps en tant que corps : pesanteur et légèreté sont deux *formes* surajoutées à l'attribut corporéité qui est commun à tous les corps sans exception. C'est ainsi que Hayy s'élève à la notion (aristotélicienne) de *forme*, et qu'il arrive au seuil du « monde spirituel » [p. 48, l. 20, à p. 50, l. 7 du bas]. Enfin, sous la *notion* d'étendue, commune à tous les corps, mais qui est encore une *forme*, il aperçoit la *notion* (aristotélicienne) de *matière première* entièrement dénuée de *formes* et par là-même apte à recevoir toutes les *formes*. Une analyse des formes et une synthèse inverse de cette analyse lui permettent de reconstruire (dans un esprit aristotélicien), en superposant méthodiquement les formes l'une à l'autre, tous les êtres du monde de la génération et de la corruption : les quatre éléments, eau, air, terre et feu, les végétaux, les animaux, l'âme enfin ou esprit animal, qui constitue à la fois le point de départ et le point d'arrivée de cette longue recherche [p. 50, l. 7 du bas, à p. 55, dern. l.]. A signaler, en passant, la comparaison de l'argile [p. 54, l. 5 du bas, à p. 55, dern. l.], analogue à celle que, dans sa *Deuxième méditation*, Descartes empruntera à la cire.

Mais les corps changent; en d'autres termes, les formes se succèdent dans un même corps. Il doit donc exister un *Auteur des formes* [pp. 56 et 57]. Cette « cause efficiente », Hayy la cherche d'abord parmi les corps qui l'entourent; mais ils sont tous *produits*, et supposent un *producteur* [p. 58, l. 3 à l. 17]. Il la cherche ensuite dans le ciel et parmi les astres, qui sont également des corps puisqu'ils sont étendus en longueur, largeur et profondeur. Il se démontre successivement à lui-même que le ciel est nécessairement limité [curieuse démonstration par l'absurde, p. 58, l. 7 du bas, à p. 60, l. 9], qu'il est sphérique, composé de plusieurs sphères emboîtées l'une dans l'autre et animées de divers mouvements, etc. [p. 60, l. 10, à p. 61 dern. l.], que le ciel tout entier avec tout ce qu'il contient, en d'autres termes le monde corporel dans son ensemble, le *macrocosme*, forme un animal unique [p. 62, l. 1 à l. 17]. — Le monde dans son ensemble est-il éternel ou *produit*? En présence de deux raisonnements opposés (antinomie kantienne), Hayy se voit obligé de laisser cette question en suspens. Mais il s'aperçoit que les conséquences découlant des deux thèses contraires sont identiques : dans les deux cas, le monde suppose un Auteur incorporel, exempt de toutes les qualités des corps et en particulier inétendu, ni joint à un corps ni séparé d'aucun corps, inaccessible aux sens et à l'imagination, ayant pouvoir sur le monde et le connaissant, produisant en lui les formes et par conséquent tout ce qui existe, antérieur au monde, chronologiquement dans l'hypothèse de la *production* du monde, et en tout cas logiquement, en dehors du temps, dans l'hypothèse de son éternité [p. 62, l. 18, à p. 67, l. 16].

Il s'attache donc, désormais, à trouver en toutes choses des marques de la puissance et de la sagesse de l'Auteur du monde, de l'Être nécessaire; il détermine les attributs positifs et négatifs de cet Être doué de toute perfection, exempt de toute imperfection [p. 67, l. 17, à p. 69, l. 12].

Cet Être nécessaire, il ne le percevait point par les sens, qui, étant des facultés répandues dans un corps, des facultés divisibles, saisissent seulement ce qui est divisible; il le percevait donc par sa propre essence, qui, par conséquent, était indivisible, incorporelle [p. 69, l. 13, à p. 70, l. 9 du bas], incorruptible [p. 70, l. 8 du bas, à p. 71, l. 9].

La joie que donne la perception *actuelle* d'un être, et le regret d'en être privé, sont en proportion de la perfection de cet être; mais une faculté perceptive qui n'est jamais passée à l'*acte*, qui est toujours demeurée *en puissance*, ne désire pas la perception de son objet propre, n'en ayant aucune notion [p. 71, l. 10, à p. 72, l. 11]. Il résulte de là que si un homme n'a jamais exercé sa raison, il retourne après la mort, comme un animal, au néant, ou à un état semblable au néant [cf. p. 75, l. 9 et 10], exempt de douleur et de joie; s'il a connu cet être mais s'est détourné de lui pour suivre ses passions, et si la mort l'a surpris en cet état, il sera privé de la vision intuitive et en éprouvera une souffrance infinie; si, au contraire, il s'est tourné vers lui tout entier, et s'il est mort en cet état d'intuition *actuelle*, il y demeurera éternellement, jouissant d'une félicité sans bornes [p. 72, l. 11, à p. 74, l. 4].

Ces considérations conduisent Hayy ben Yaqdhân à

rechercher l'extase mystique par la concentration de sa pensée sur l'Être nécessaire. Mais les sensations, les images sensibles, les besoins physiques l'en détournent à chaque instant; et il craint sans cesse que la mort, fondant sur lui à l'improviste pendant qu'il est en cet état de distraction, ne le précipite dans le malheur éternel [p. 74, l. 5 à l. 7 du bas].

Dans l'espoir de trouver un remède à cette situation, il examine les actes et les penchants de tous les êtres, et s'aperçoit que les corps célestes ont chacun une *essence* intelligente comme la sienne, qui possède éternellement une intuition ininterrompue de l'Être nécessaire, mais qu'entre toutes les espèces animales il est seul à connaître cet Être [p. 74, l. 6 du bas, à p. 76, l. 7]. La raison en est que l'*esprit animal* logé dans son cœur réalise un équilibre plus parfait que chez les autres animaux, des quatre éléments qui constituent cet esprit; par suite, il n'est ni lourd ni léger, possède une vie plus intense, plus indépendante, et présente par là une certaine ressemblance avec les corps célestes [p. 76, l. 8, à p. 80, l. 3]. Mais il voit qu'il ressemble aussi, d'une part à l'Être nécessaire, par la plus noble partie de lui-même, par son essence immatérielle, intelligente, et de l'autre aux animaux, par sa partie la plus vile, le corps. De là, pour lui, l'obligation de se rendre semblable, par trois sortes d'actes, aux animaux, aux corps célestes, et à Dieu; le premier de ces trois genres de vie n'étant d'ailleurs que la condition du second, et le second du troisième, qui seul est la fin [p. 80, l. 4, à p. 82].

De ces principes généraux, Hayy ben Yaqdhân va déduire successivement toutes les règles d'une morale mystique.

La vie animale, bien que nécessaire *par accident* à l'obtention de l'intuition continue, est, *par essence*, un obstacle à cette intuition. Il faut donc la réduire au minimum; et Hayy formule, particulièrement, touchant la nourriture (nature des aliments, quantité, intervalles entre les repas), un ensemble de règles bien curieuses, d'inspiration manifestement bouddhique : il s'impose, par exemple, de ne manger la chair des animaux qu'en cas de nécessité absolue; de ne prendre, parmi les animaux ou les végétaux, que les plus nombreux, afin de ne pas s'exposer à détruire une espèce vivante; de choisir, pour la même raison, des fruits dont les graines soient déjà mûres, et de ne point jeter ces graines dans un terrain impropre à la végétation, etc. [p. 82, à p. 85, l. 19].

Pour imiter les corps célestes et acquérir leurs qualités, Hayy juge qu'il doit se livrer à certaines pratiques (d'inspiration également bouddhique) : il imite leur action bienfaisante sur tous les êtres du monde sublunaire en arrosant, par exemple, les plantes altérées, en délivrant celles auxquelles nuit une plante parasite, mais sans endommager celle qui nuit, etc.; il imite leur pureté en nettoyant minutieusement, en parfumant son corps et ses vêtements; à l'instar de leurs différents orbes, il décrit autour de l'île, ou bien encore sur lui-même (à la façon des derviches tourneurs), des mouvements circulaires de plus en plus rapides. Ce procédé d'étourdissement, en lui procurant parfois de rapides lueurs d'extase mystique, achève son assimilation partielle aux corps célestes, et le prépare à la troisième espèce d'assimilation, l'assimilation à l'Être nécessaire [p. 85, l. 20, à p. 88, l. 9 du bas].

Pour imiter cet Être dans ses attributs négatifs et positifs, il s'attache à éliminer de sa propre essence, autant que faire se peut, les dernières traces de corporéité, en particulier le mouvement, les dernières traces de multiplicité, et à ne connaître que l'essence divine, sans lui associer aucun attribut corporel. Il demeure donc immobile dans sa caverne, tête baissée, paupières closes, écartant obstinément de son imagination tout objet sensible; et après un long entraînement, il arrive enfin à perdre jusqu'à la conscience de lui-même, à s'abîmer en Dieu [p. 88, l. 8 du bas, à p. 91, l. 10].

Un pareil état ne peut se décrire : pour le connaître

vraiment, il n'y a d'autre moyen que d'y arriver soi-même. On n'en peut donner quelque idée que sous forme allégorique [p. 91, l. 11, à p. 92, l. 17]. Telle est la difficulté de se représenter un pareil état sans en concevoir des idées fausses, que, même après l'avoir éprouvé, Hayy ben Yaqdhân, malgré son intelligence supérieure et son excellente préparation philosophique, tombe d'abord, lui aussi, dans l'erreur de croire qu'il s'est identifié avec Dieu. Mais, par une faveur divine, il ne tarde pas à corriger son erreur : il finit par comprendre que les *essences séparées* (de toute matière) ne peuvent être dites ni une ni plusieurs ; qu'elles échappent aux catégories de la pensée logique, discursive, de la raison raisonnante. Par une exception unique, nous voyons ici l'auteur quitter le ton de noble sérénité dont il a coutume de ne jamais se départir, et gourmander « ces chauves-souris dont le soleil blesse les yeux » [p. 94, l. 16 et 17], ces esprits bornés, incapables de rien comprendre en dehors des choses sensibles et de leurs idées générales [p. 92, l. 18, à p. 95, l. 4 du bas].

L'auteur décrit alors, sous forme allégorique, toute la hiérarchie descendante des *essences séparées*, aperçues en état d'extase par Hayy ben Yaqdhân, à savoir les Intelligences des sphères depuis celle des étoiles fixes jusqu'à celle du monde sublunaire, comme une série de miroirs de moins en moins parfaits qui se renvoient, du premier au dernier, l'image de moins en moins nette de l'essence divine. Celle du monde sublunaire représente le dernier et le moins parfait de ces miroirs : l'image de l'essence divine semble s'y refléter comme dans une eau tremblotante et s'y diviser en une multitude infinie d'essences individuelles unies chacune à un corps (il s'agit des âmes humaines), les unes vertueuses et heureuses, les autres perverses et malheureuses [p. 95, l. 3 du bas, à p. 99, l. 15]. Mais il faut se garder de croire que ces âmes disparaissent en même temps que les corps périssables auxquelles elles sont jointes, comme disparaît l'image réfléchie par le miroir lorsqu'est détruit le miroir lui-même; car cette comparaison ne doit pas être prise à la lettre : ce ne sont pas les âmes raisonnables qui dépendent de leurs corps, ce sont les corps qui dépendent d'elles. C'est le monde sensible qui dépend du monde divin; s'il l'accompagne nécessairement, c'est comme l'ombre accompagne le corps [p. 99, l. 7 du bas, à p. 101, dern. l.].

Hayy ben Yaqdhân, grâce à *l'entraînement*, obtient peu à peu des extases plus fréquentes et plus longues, si bien qu'il finit par vivre dans un état d'intuition mystique à peu près ininterrompu (p. 102, l. 1 à l. 5 du bas].

Il entre alors en relations avec Açâl, pieux personnage venu de l'île voisine pour se livrer en paix aux mortifications et à la prière dans cette petite île qu'il croit inhabitée [p. 102, l. 4 du bas, à p. 105, l. 2]. Açâl finit par rencontrer un jour Hayy ben Yaqdhân. Leur rencontre donne lieu à une série d'épisodes, conformes à la vraisemblance, tirés du fond même du sujet et très habilement amenés [p. 105, l. 13, à p. 108, l. 10].

Açâl enseigne à Hayy le langage; et il trouve avec étonnement dans le système découvert par ce philosophe autodidacte une interprétation transcendante de la religion révélée que lui-même professe [à savoir l'islamisme : cf. p. 109, l. 6 du bas à av.-dern. l.; p. 110, l. 6 à l. 10] ainsi que de toute religion révélée. Doué d'une grande ouverture d'esprit, Açâl ne peut faire autrement que d'acquiescer à cette interprétation, d'adhérer à la philosophie, spéculative et mystique [p. 108, l. 11, à p. 109, l. 11 du bas]. Hayy, de son côté, ne voit rien dans cette religion qui soit en opposition avec sa philosophie : il reconnaît la véracité de l'Envoyé qui l'a révélée, il obéit à ses ordres [p. 109, l. 10 du bas, à p. 110, l. 13].

Cependant, il a peine à s'expliquer pourquoi ce prophète use le plus souvent de paraboles, au lieu de dire les choses telles qu'elles sont; et il ne peut se défendre d'un certain étonnement en constatant une sorte de relâchement dans cette législation religieuse, particulièrement en ce qui concerne la nourriture et la propriété. C'est qu'il ne peut comprendre, malgré les renseignements que lui donne Açâl, l'infirmité intellectuelle et morale du vulgaire [p. 110, l. 14, à p. 111, l. 19].

Plein d'illusions sur ce point, il décide Açâl à l'accompagner dans l'île voisine : il veut apporter à ces hommes le salut en répandant parmi eux les vérités sublimes qu'il a découvertes. Un navire, poussé par les vents et les flots, arrive à point pour les y transporter [p. 111, l. 11 du bas, à p. 112, l. 18].

Les amis d'Açâl, parmi lesquels le bon roi Salâmân, forment l'élite du pays. Reçu par eux avec empressement, Hayy entreprend de les instruire. Mais leur esprit terre à terre ne peut s'élever jusqu'à l'intelligence des interprétations philosophiques. Devenu pour eux un objet de scandale, il désespère de les convaincre, de les corriger, et s'aperçoit qu'il aboutit seulement à ébranler leur foi sans aucun profit pour leur raison. Il reconnaît alors la profonde sagesse qui réside dans l'enseignement des prophètes. Il comprend que la vérité pure ne convient point aux hommes du vulgaire ; que pour les empêcher de s'entre-dévorer en ce monde, et assurer le salut de quelques-uns parmi les meilleurs d'entre eux, il faut leur traduire en images saisissantes les vérités qui sont nécessaires pour régler dans une certaine mesure leurs relations sociales et leur conduite privée. Telle est l'œuvre des prophètes, la raison d'être des religions [p. 112, l. 18, à p. 115, l. 7 du bas].

Il va donc dire adieu à ces pauvres gens, leur présente ses excuses pour les discours qu'il leur a tenus, leur déclare qu'il pense désormais comme eux, que leur règle de conduite est la sienne ; il leur recommande de s'y tenir, de croire sans résistance aux vérités obscures et de fuir les nouveautés [p. 115. l. 6 du bas, à p. 116, l. 21].

Puis nos deux sages retournent dans leur île déserte

pour jouir, jusqu'à leur mort, de cette vie vraiment surhumaine réservée par une faveur divine à quelques rares privilégiés [p. 116, l. 9 du bas à av.-dern. l.].

L'auteur, en terminant, s'excuse d'avoir « fait briller aux yeux de tous quelques lueurs du secret des secrets » [p. 117, l. 22]. Il a eu soin, dit-il, de ne pas soulever un dernier et « léger voile, qu'auront vite fait de percer ceux qui en sont capables, mais qui demeurera opaque et impénétrable pour quiconque n'est pas digne d'aller au delà » [p. 116, dern. l., à p. 117, l. 4 du bas].

Il réclame, enfin, l'indulgence des lecteurs pour la forme libre et peu rigoureuse sous laquelle il a cru devoir exposer d'aussi graves questions [p. 117, l. 3 du bas, à p. 118, dern. l.].

APPENDICE II

BIBLIOGRAPHIE

Liste alphabétique des ouvrages cités.

N. B. — Cette liste ne comprend ni les manuscrits inédits, ni les livres d'un usage tout à fait courant, dictionnaires, manuels, éditions des grands philosophes européens, etc. Nous ne joignons au titre de l'ouvrage aucune observation critique lorsqu'il s'agit d'un livre dont nous n'avons fait qu'un usage très restreint. Quand nous jugeons suffisante une appréciation formulée au cours de la présente thèse, nous nous contentons d'y renvoyer, en indiquant la page et la ligne, ou la page et la note.

ʿABD ER-RAZZÂQ — الرسالة في القضاء والقدر *ou Traité du Décret et de l'Arrêt divins*, par le docteur Soufi ʿAbd ar-Razzaq. Texte arabe publié pour la première fois par STANISLAS GUYARD. Paris, 1879.

— *Traité de la Prédestination et du Libre arbitre*, par le docteur Soufi ʿAbd ar-Razzaq. Traduction nouvelle, revue et corrigée par ST. GUYARD. Nogent-le-Rotrou, 1875.

AMARI (MICHELE), *Questions philosophiques adressées aux savants musulmans par l'empereur Frédéric II* [*Journal Asiatique*, 5e série, t. I (fév.-mars 1853)].

ARISTOTELIS *omnia quae extant opera*..., AVERROIS CORDUBENSIS *in ea opera omnes qui ad haec usque tempora pervenere commentarii*... Venetiis, apud Juntas (les éditions sont innombrables : voir Renan, *Averroès et l'averroïsme*, pp. 85 à 87; nous avons utilisé principalement celles des Juntes de 1562 et 1574), 10 vol., plus un onzième formé par la Table générale de Zimara : *Marci Antonii Zimarae... Tabula dilucidationum in dictis Aristotelis et Averrois*. Venetiis, apud Juntas, 1575 sur la page de titre et 1576 sur le folio 1.

ASÍN (Miguel), *El filósofo autodidacto* (*Revista de Aragón*, janv., fév., et mars 1901. — Voir p. 57, dern. lignes et n. 4.

AVERROÈS, voir ROCHD (IBN).

AVICENNE, voir SÎNÂ (IBN).

BARBIER DE MEYNARD (C.), *Traduction nouvelle du traité de Ghazzali intitulé Le préservatif de l'erreur et notices sur les extases* (*des Soufis*) [*Journal Asiatique*, 7e série, t. IX (1877)]. — Contient des corrections au texte arabe publié par Schmölders, et la traduction est plus exacte que la sienne.

BLOCHET (M. E.), *Études sur l'ésotérisme musulman* [*Journal Asiatique*, 9e série, t. XIX et t. XX (1902)].

BASSET (René), *La poésie arabe anté-islamique*, Leçon d'ouverture faite à l'École Supérieure des Lettres d'Alger, le 12 mai 1880 (Bibliothèque orientale elzévirienne). Paris, 1880. — Voir p. 24, n. 2, à la fin.

BOER (Ttitze de), *Geschichte der Philosophie im Islam*. Stuttgart, 1901. Il en existe une traduction anglaise par E. R. JONES. London, 1903. — Excellent petit livre de vulgarisation, intentionnellement dépourvu d'appareil critique. Voir le compte rendu de cet ouvrage par M. I. GOLDZIHER dans la *Deutsche Litteraturzeitung*, 6 juillet 1901, p. 1676, au bas, à p. 1680, et notre compte rendu dans le *Journal Asiatique*, 9e série, t. XVIII, sept.-oct. 1901, pp. 393 à 399.

— *Hai ibn Jakzaan ibn Tofail* naverteld door T. J. de Boer (*Tweemaandelijksch Tijdschrift*, mai 1898). — Voir p. 56, n. 4 (où ce titre est cité sous une forme altérée).

BRUCKER (J.), *Historia critica philosophiae, a mundi incunabulis ad nostram usque aetatem deducta*, cum appendice accessionum et supplementorum. Lipsiae, 1766-1767, 2e édit., 6 vol.

CARRA DE VAUX (BARON), *Avicenne* (Les grands philosophes. Collection dirigée par Cl. Piat). Paris, 1900.

CASIRI, *Bibliotheca Arabico-Hispana Escurialensis*. Matriti, 1760-1767, 2 vol.

CATALOGUES de Bibliothèques : Alger (voir p. 37, n. 2); Bodleyenne d'Oxford (voir p. 31, n. 1); British Museum (voir p. 2, n. 2); Caire (Le) (voir p. 36, n. 2); Escurial (voir p. 2, n. 1; voir en outre CASIRI).

CHAHRISTÂNÎ, voir SHARASTÁNI.

CHALLIKANI (IBN), *vitae illustrium virorum*, e pluribus manuscriptis inter se collatis nunc primum Arabice edidit, variis lectionibus indicibusque locupletissimis instruxit FERDINAND WÜSTENFELD, Philosophiae doctor, lingg. orientt. in Universitate Georgia Augusta privatim docens. Gottingae, 1835-1837, 2 vol.

— كتاب وفيات الاعيان *Ibn Khallikan's Biographical Dictionary*, translated from the Arabic by Baron MAC GUCKIN DE SLANE... Paris, 1843-1871, 4 vol.

CODERA (FRANCISCO), *El filósofo autodidacto de Abentofail (Boletín de la Real Academia de la Historia*, t. XXXVIII, janvier 1901).

CONDE (Dr DON JOSE ANTONIO), *Historia de la dominación de los Arabes en España*, sacada de varios manuscritos y memorias arabigas. Paris, 1840.

— Voir MARLÈS.

DJÂMI', voir JÂMÎ.

DOZY (R. P. A.), *Scriptorum Arabum loci de Abbadidis*, nunc primum editi... Lugd. Batav., 1846-1863, 3 vol.

— *Essai sur l'histoire de l'islâmisme*. Leyde, 1879.

DUGAT (GUSTAVE), *Histoire des philosophes et des théologiens musulmans (De 632 à 1258 de J.-C.). Scènes de la vie religieuse en Orient.* Paris, 1878. — Un peu faible : compilation mal digérée.

GAUTHIER (LÉON), *Hayy ben Yaqdhân, Roman philosophique d'Ibn Thofaïl,* texte arabe publié d'après un nouveau manuscrit avec les variantes des anciens textes et traduction française (Collection du Gouvernement général de l'Algérie). Alger, 1900.

— *La philosophie musulmane.* Leçon d'ouverture d'un cours public sur *Le roman philosophique d'Ibn Thofaïl*, faite le 16 novembre 1899, par Léon Gauthier, Chargé de cours à la Chaire de Philosophie de l'École supérieure des Lettres d'Alger (Bibliothèque orientale elzévirienne). Paris, 1900.

— *La théorie d'Ibn Rochd (Averroès) sur les rapports de la religion et de la philosophie.* Thèse pour le doctorat ès-lettres présentée à la Faculté des Lettres de l'Université de Paris. Paris, 1909.

— *Une réforme du système astronomique de Ptolémée tentée par les philosophes arabes du XII*e *siècle* (paraîtra prochainement dans le *Journal Asiatique*).

GHAZÂLÎ (EL-), *El-monqidh min edh-dhalâl (La Délivrance de l'erreur)*, édité et traduit en français par SCHMÖLDERS dans son *Essai sur les écoles philosophiques chez les Arabes* (voir SCHMÖLDERS).

— Autre traduction française, voir BARBIER DE MEYNARD.

— Édition de Constantinople [1870 (Barbier de Meynard, Introduction de sa traduction, 2e page); 1876 (Brockelmann, *Gesch. der arab. Litter.*, I, p. 425, nº 57). Peut-être s'agit-il de deux éditions différentes.]

— *Tahâfot el-falâcifa*, texte arabe édité au Caire en 1302 hég. (= 1885). Le même volume contient le texte arabe du *Tahâfot et-tahâfot* d'IBN ROCHD (1302 hég.) et du

Tahâfot el-falâcifa du turc KHÔDJA ZÂDÈ, m. en 893 hég. = 1488 de l'ère chrét. (1303 hég.). — Cette édition, unique, n'est pas toujours correcte.

— Traduction française (inachevée) du *Tahâfot el-falâcifa*, publiée dans le *Muséon* (1899, pp. 274 à 308, 400 à 407; 1900, pp. 346 à 376) sous le titre suivant : *La Destruction des philosophes par Al-Gazali*, par le BARON CARRA DE VAUX. — Voir p. 97, n. 4.

GRACIÁN (BALTASAR), *El Criticón*, voir p. 51, au bas, à p. 54, l. 2.

— Traduction française, voir p. 51, n. 5.

HAJI KHALFA, *Lexicon bibliographicum et encyclopaedicum...*, primum edidit, latine vertit et commentario indicibusque instruxit G. FLÜGEL. Leipzig, 1835-1858, 7 vol.

HAMMER-PURGSTALL, *Literaturgeschichte der Araber, bis zur Ende des 12. Jahrhundert des Hidschret.* Vienne, 1850-1856, 7 vol.

JĀMĪ (MULLA), *Salâmân U Absâl, an allegorical romance; being one of the seven poems entitled the Haft Aurang of Mulla Jāmī*, now first edited from the collation of eight manuscripts in the Library of the India House, and in private collections, with various readings, by FORBES FALCONER. London, 1850.

KHALLIKÂN (IBN), voir CHALLIKANI *vitae...*

KREMER (ALFRED VON), *Geschichte der herrschenden Ideen des Islams. Der Gottesbegriff, die Prophetie und Staatsidee...* Leipzig, 1868.

LECLERC (Dr LUCIEN), *Histoire de la médecine arabe. Exposé complet des traductions du grec. Les sciences en Orient, leur transmission à l'Occident par les traductions latines.* Paris, 1876, 2 vol. — Utile compilation, à laquelle il ne faut pas reprocher avec trop de sévérité d'être imparfaitement digérée.

MACDONALD (DUNCAN B.)... Professor of semitic languages in Hartford theological Seminary, *Development of muslim theology jurisprudence and constitutional theory*. London, 1903. — Utile à lire; dépourvu d'appareil critique.

MAKKARÍ (AL-), *The history of the mohammedan dynasties in Spain*, translated by Pascual de GAYANGOS. London, 1840-1843, 2 vol.

MARLÈS (de), *Histoire de la domination des Arabes et des Maures en Espagne et en Portugal*, rédigée sur l'histoire traduite de l'arabe en espagnol de M. Joseph CONDE, par M. de MARLÈS. Paris, 1825, 3 vol.

MARRÉKOSHÍ (Abdo'l-Wáhid al-), *The history of the Almohades*, edited by R. DOZY. Leyden, 1881, 2e édition.
— *Histoire des Almohades d'Abd el-Wâh'id Merrâkechi*, traduite et annotée par E. FAGNAN. Alger, 1893.

MASPERO (G.), Compte rendu, par G. Maspero, de la traduction de l'*Abrégé des Merveilles* par le Baron CARRA DE VAUX (*Journal des Savants*, 1899).

MEHREN (A.-F.), *Correspondance du philosophe soufi Ibn Sab'în Abdoul-Haqq avec l'empereur Frédéric II de Hohenstaufen* [*Journal Asiatique*, 7e série, t. XIV (1879)].
— *Traités mystiques d'Aboû Alî al-Hosain ben Abdallah ben Sînâ ou d'Avicenne*, texte arabe... avec l'explication en français. Leyde, 1889-1899, 4 fasc. — L'explication en français est une simple paraphrase.
— *La philosophie d'Avicenne* [*Ibn Sina*] *exposée d'après des documents inédits* (*Muséon*, 1882).

MERX (Adalbert), *Eine Mittelalterliche Kritik der Offenbarung* (*Protestantische Kirchenzeitung für das evangelische Deutschland*, 22 et 29 juillet, 5 et 12 août 1885, colonnes 667 à 673, 688 à 695, 708 à 714, 730 à 737). — Voir page 56, l. 13 à l. 21.

MUNK (S.), *Notice sur Joseph ben Iehouda ou Aboul'-hadjâdj Yousouf ben-Ya'hia al-Sabti al-Maghrebi, dis-*

ciple de Maïmonide (*Journal Asiatique*, 3e série, t. XIV, juillet 1842).

— *Mélanges de philosophie juive et arabe*. Paris, 1859. — A peine vieilli ; encore utile à consulter.

OSBORN (ROBERT DURIE). Major in the Bengal Staff Corps, author of « *Islam under the Arabs* » (London, 1876), *Islam under the khalifs of Baghdad*. London, 1878. — Tableau d'ensemble intéressant.

POU (BARTOLOMÉ), Bartholomei Povii, e S. J. in Seminario Bilbilitano philosophiae professoris, *Institutionum Historiae philosophiae Libri XII*. Edit. Bilbili, 1763.

RENAN (ERNEST), *Averroès et l'averroïsme*, Thèse française pour le doctorat ès-lettres. Paris, 1852. 2e édition, 1861; 3e éd., 1866; 4e éd. (simple réimpression de la troisième), la couverture porte 1893 et la page de titre 1882. — Voir notre thèse intitulée *La théorie d'Ibn Rochd* (*Averroès*) *sur les rapports de la religion et de la philosophie*, passim, en particulier pp. 1 à 8 (plus spécialement p. 3) et pp. 177 à 179.

ROCHD (IBN), voir ARISTOTELIS... opera...

— *Tahâfot et-tahâfot*. Le Caire, 1302 hég. (= 1885). Voir GHAZÂLÎ (EL-), *Tahâfot el-falâcifa*.

SCHMÖLDERS (AUGUSTE), *Essai sur les écoles philosophiques chez les Arabes et notamment sur la doctrine d'Algazzali*. Paris, 1842. — Contient, en particulier, le texte arabe, souvent fautif, et une traduction défectueuse, de la curieuse autobiographie d'El-Ghazâlî intitulée *El-monqidh min edh-dhalâl* (*La délivrance de l'erreur*); voir BARBIER DE MEYNARD. Ce livre de Schmölders ne doit être consulté qu'avec la plus grande circonspection; d'ailleurs, la place qu'y tiennent les philosophes proprement dits est nulle. Munk, dans ses *Mélanges de philosophie juive et arabe*, p. 337, n. 2, en a fait une excellente critique à laquelle nous renvoyons.

SCHREINER (MARTIN), *Beiträge zur Geschichte der theologischen Bewegungen im Islam* [*Zeitschrift der deutschen morgenländischen Gesellschaft*, t. LII (1898)].

SHARASTÂNI (MUHAMMAD AL-) كتاب الملل والنحل *Book of religious and philosophical sects*... now first edited from the collation of several mss. by the REV. WILLIAM CURETON..., Assistant keeper of the manuscripts in the British Museum... London, 1842-1856, 2 vol.

— Abu-'l-Fath' Muh'ammad asch-Schahrastâni's *Religionspartheien und Philosophen-Schulen*. Zum ersten Male vollständig aus dem Arabischen übersetzt und mit erklärenden Anmerkungen versehen von DR. THEODOR HAARBRÜCKER, Privatdocent der orientalischen Litteratur an der Universität Halle... Halle, 1850-1851, 2 vol.

SÎNÂ (IBN), *Tis'o raçâ'il fi'l-hikma wa'th-thabî'iyyât*, tâ'lîf... Ibn Sînâ (*Neuf riçâla sur la philosophie et la physique* par... Ibn Sînâ). Constantinople, 1298 hég. (= 1881). — Voir p. 73, l. 16 et suiv.

— *Le livre des théorèmes et des avertissements*, publié d'après les manuscrits de Berlin, de Leyde et d'Oxford, et traduit par S. FORGET. I. Texte arabe. Leyde, 1892 (La traduction n'a pas encore paru). M. MEHREN a publié, dans le deuxième fasc. des *Traités mystiques d'Avicenne*, le texte arabe, avec une paraphrase en français, des trois dernières sections de cet ouvrage (sections VIII, IX, X).

— *Kitâb en-nadjât* (*Le livre du salut*) [imprimé à la suite du *Qânoûn fi'th-thibb* (*Canon de médecine*) d'Ibn Sînâ]. Romae, 1593. — Le *Kitâb en-nadjât* est un abrégé du *Kitâb ech-chifâ'* (*Le livre de la guérison*), grand ouvrage d'Ibn Sînâ, dont M. HORTEN publie par fascicules, depuis 1907, une traduction allemande sous ce titre : *Das Buch der Genesung der Seele*. Leipzig und New-York.

SUTER (HEINRICH), *Die Mathematiker und Astronomen der Araber und ihre Werke*. Leipzig, 1900.

THOFAÏL (IBN), Éditions et traductions, voir pp. 44 à 48.

THOLUCK (Frid. Aug. Deofidus), *Ssufismus sive theosophia Persarum pantheistica*... Berolini, 1821.

— *Bluthensammlung aus der morgenländischen Mystik*. Berlin, 1825.

VATTIER (P.), *La logique du fils de Sina, communément appellé Avicenne, Prince des philosophes et medecins arabes*. Nouvellement traduite d'Arabe en François par P. Vattier, Conseiller et Medecin de Monseigneur le Duc d'Orleans. A Paris, 1658.

WÜSTENFELD (Ferdinand), *Geschichte der arabischen Aerzte und Naturforscher*. Goettingen, 1840.

ZER' (IBN ABÎ), *Annales regum Mauritaniae* (Raoudh el-Qirthâs) *a condito Idrisidarum imperio ad annum fugae 726*, ab Abu-l-Hasan Ali ben Abd-Allah Ibn Abi Zer' Fesano, vel ut alii malunt Abu Mohammed Salih ibn Abd el-Halim Granatensi, conscriptos,... edidit... latine vertit... Carolus Johannes TORNBERG... Upsala, 1843-1846, 2 vol.

— *Roudh el-Kartas. Histoire des souverains du Maghreb et annales de la ville de Fès*, traduit de l'arabe par A. BEAUMIER. Paris, 1860. — Voir d'autres traductions, p. 3, n. 1.

Vu le 5 juillet 1909,
Le Doyen de la Faculté des Lettres
de l'Université de Paris :
A. CROISET.

Vu et permis d'imprimer,
Le Vice-Recteur de l'Académie de Paris :
L. LIARD.

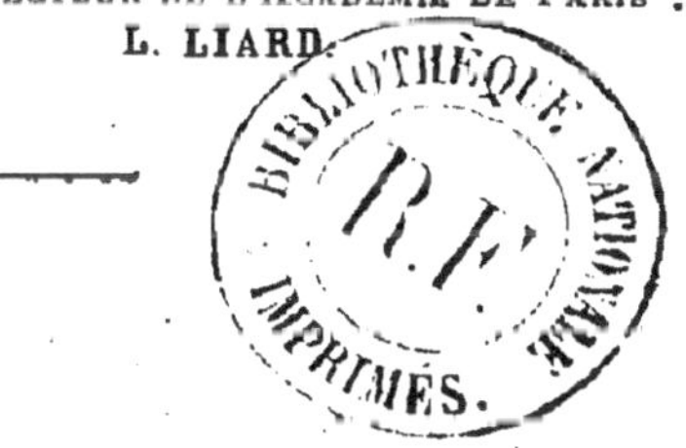

TABLE DES MATIÈRES

ANGERS, IMP. ORIENTALE A. BURDIN ET Cie, RUE GARNIER, 4.

www.ingramcontent.com/pod-product-compliance
Lightning Source LLC
LaVergne TN
LVHW012016220826
846092LV00001B/370

* 9 7 8 2 3 2 9 7 5 8 1 6 9 *